KUWEI
酷威文化
图书 影视

推她一把的是……

彼女の背中を押したのは

[日]宫西真冬——著
王博——译

天津出版传媒集团
百花文艺出版社

图书在版编目（CIP）数据
推她一把的是…… / (日) 宫西真冬著；王博译．
天津：百花文艺出版社，2024. 12. -- ISBN 978-7-5306-8945-5
Ⅰ. I313.45
中国国家版本馆 CIP 数据核字第 2024D1M884 号

著作权合同登记号：图字 02-2024-137

推她一把的是……

TUI TA YI BA DE SHI……

[日] 宫西真冬 著；王博 译

出 版 人： 薛印胜
选题策划： 胡晓童
责任编辑： 宋春悦
出版发行： 百花文艺出版社
地址： 天津市和平区西康路35号　　**邮编：** 300051
电话传真： +86-22-23332651（发行部）
+86-22-23332656（总编室）
+86-22-23332478（邮购部）
网址： http://www.baihuawenyi.com
印刷： 天津鑫旭阳印刷有限公司
开本： 880毫米×1230毫米　1/32
字数： 156千字
印张： 8.5
版次： 2024年12月第1版
印次： 2024年12月第1次印刷
定价： 45.00元

目录

CONTENTS

仿佛被人追赶般冲上了楼梯。

我一直感觉自己像是被什么追赶着。似乎无论何时何地，都有人监视着我的一举一动，令我片刻不得安宁。

我真是个没用的人。

到底是从什么时候开始的呢？从什么时候开始变成了这样没用的人？

幸好，通往屋顶的门没有上锁。

一打开门，寒风一下子朝我涌来，留长了的头发也被风吹得凌乱不堪。我想，差不多也该去剪剪头发了，但不用上班的时候，又不想离开床半步。

一步，又一步，我在屋顶上往前走着。

呼啸而来的冷空气刺痛了我的肌肤，但头脑依然一片混沌。黑夜中，车站前闪烁的霓虹灯光映入我的眼帘，年末躁动的气氛似乎在咄咄逼人地对我说："你不该在这儿。"

够了，我受不了了。

一想到今天结束后还会有明天，我就觉得害怕。我已经完全无法想象自己再回到那里，勉强活动僵硬的脸颊肌肉挤出笑容的模样了。

这片黑暗仿佛在引诱着我，让我一步又一步往前迈进。如果可以就这样消失，再也无须恐惧明天的到来，那该有多好。

结束这一切吧，已经该结束了。

这样一来，就能向这个可耻的人生告别了。

一想到再也不会给别人添麻烦，再也不会惹人厌烦，我脑海中就只剩下这一个想法——这是我唯一能做的事情。

一爬到铁丝网的另一边，我就双脚无力地瘫软在地。趴在地上往下看去，这个高度令人头晕眼花，令人手脚都下意识地紧绷着。

踏出这一步！只要有这份勇气，就能结束这一切。

我用双手用力撑着地面，扶着发抖的膝盖，站了起来。

第一章

没能听到的商量

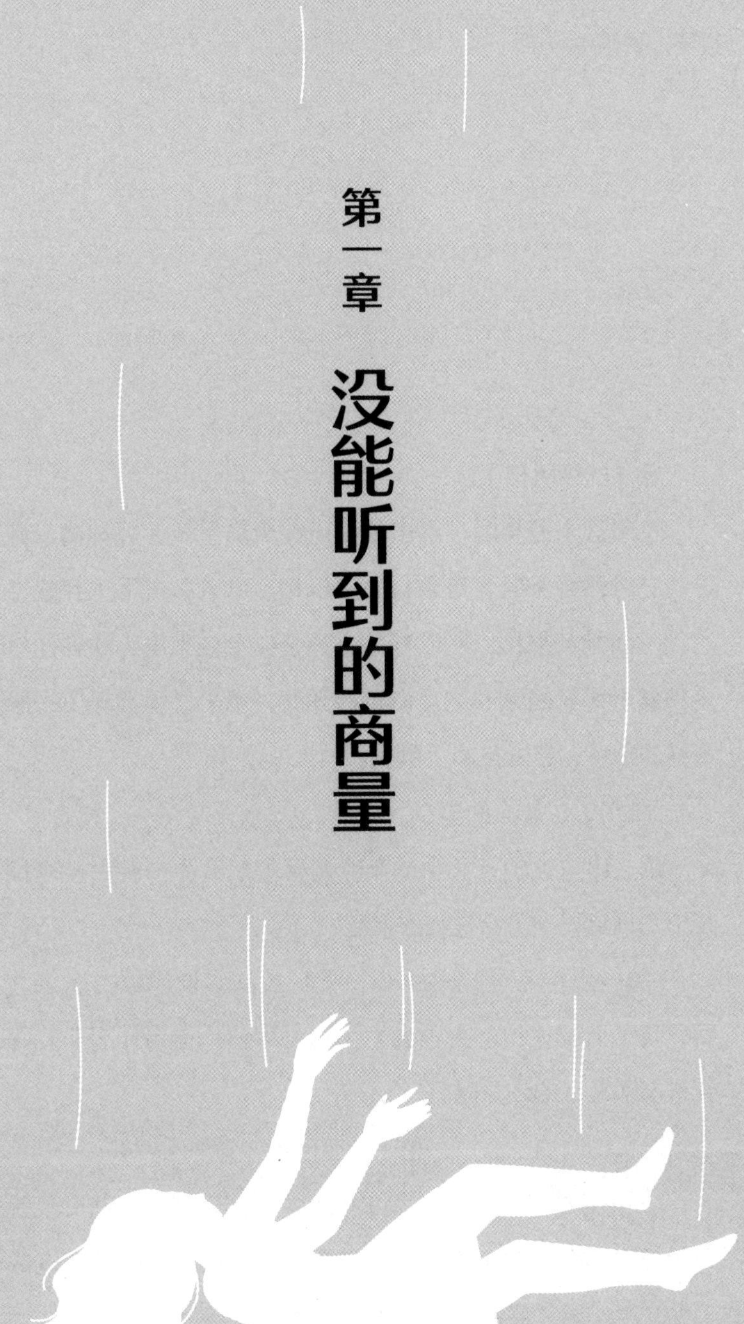

推她一把的是……

妹妹梓沙跳楼了。

收到这个消息时，志田梢子正在厨房里做土豆炖肉。她看着计时器发呆时，母亲打来了电话。母亲知道下午到晚上这段时间她都很忙，所以基本上只会在上午来电，或许这就是独属于妈妈的贴心吧，但也因如此，梢子心中涌现出一股不祥的预感，赶紧接起了电话。

“跳楼了？怎么回事？”

话一出口，梢子心中的某个角落突然产生一种会被牵扯其中的预感——不会是我的错吧？

“我一直担心会搞成这个样子！自从你说要嫁去东京之后，我每天都在担心会不会发生这种事情！你为什么非要嫁到东京那么远的地方嘛！”

罪恶感刺痛了心口，梢子一时间不知该怎么回答。

“……那梓沙人呢？她没事吧？”不问还好，一问母亲就开始低声痛哭，完全说不出个所以然。焦躁不安的梢子连喊了好几声妈妈，最后父亲说话了。

“我来说吧。”

“爸，梓沙情况怎么样了？”

“还没有恢复意识，医生说是重伤。你现在有空回来一趟吗？”

面对这样超乎想象的严重情况，梢子只能回答“好，我知道了”，紧接着开始思考接下来应该怎么做。

“我现在就收拾东西，晚点再联系你们。能给我发一下医院地址吗？”梢子心里一团乱麻，只能硬挤出这几句话。父亲嘱咐她回来路上小心点，就挂断了电话。

梢子对自己说：“冷静点。”她用双手捂住了自己的脸，直到一阵“咕嘟咕嘟”的声音传来，才猛地回神。锅里煮的东西已经溢了出来，她急忙关掉炉火。

总之先给老公打个电话吧，她这样想着，开始找自己的手机。手机明明刚刚还拿在手上，现在却怎么也找不到了。突然，她又发现手机就在围裙口袋里，赶紧拿出来给老公打电话。

“喂，直树？不好意思在上班的时候给你打电话。你现在方便吗？”

“可以的。发生什么事了吗？”

直树的声音有些疲惫，但身边应该是没有其他人，所以声音很清楚。

“刚刚妈妈给我打电话，说我妹妹从大楼楼顶……摔下来了，所以我想赶紧回家一趟，可以吗？”

之所以没说是“跳楼”，或许是出于想要保护什么的心理吧。可到底要保护什么呢？是妹妹的名誉吗？不，是保护自己吧。她心中总有种挥之不去的感觉，妹妹跳楼会不会是因为自己？

“从大楼楼顶摔下来了？她还好吗？”

“我也不太清楚，说是还在昏迷中。”

“这样啊，到时候弄清楚了记得跟我说一声哦。”

“嗯……直树你今天还好吧？”梢子忍不住问道。

他回答道：“嗯，和平常差不多。”

挂了电话，梢子走到卧室，从橱柜里取出行李箱，先收拾了三天左右的换洗衣物。把门窗关好，出门。离家最近的车站到东京站也要三十分钟，梢子拿出手机查了查，应该还可以赶上最后一班希望号新干线列车。

梓沙跳楼该不会是我的错吧？

一阵寒意袭来，像是为了甩开这突如其来的寒意，梢子疾步走向车站。

坐上了刚到站的电车，梢子拿出手机，打开了妹妹今天早上发来的短信。

早安，好久不见啦，最近还好吗？我有点事情想找你商量一下，你方便接电话吗？

这是她早上八点多发来的。

当时直树还没出门，而且今天有事要出门，所以梢子的回复很是冷淡。

不好意思，今天有点忙。

这么回也是没办法，梢子自我安慰道，但心中好像有另一个自己用一副自以为是的样子质疑道："真的吗？"

真的是因为有事吗？

真的就因为这微不足道的原因，就拒绝了妹妹想跟你商量的请求吗？

答案是否定的。

在看见妹妹名字的瞬间，梢子第一反应就是"不想跟她扯上关系"。婚后半年，妹妹从未主动联系过自己。在梢子看来，这段时光格外平静安稳。在离开老家、远离父母及妹妹后，梢子生平第一次感到如此自由。她不想失去这份平静，所以才会拒绝妹妹的请求。

可如今妹妹出了这么大的事，那些平常隐藏在水面之下的美好回忆也呼之欲出——趁妈妈不在家，两个人偷偷把冰箱里的鱼肉香肠给吃了。

为什么这些琐碎的记忆会浮现在眼前呢？可回忆的枷锁一旦打开就很难关上，化作鲜明的影像逐渐浮现在眼前。

其实梢子也没有那么想吃鱼肉香肠，是有一次梓沙吵着喊着肚子饿，那时候能直接吃的就只有这个了。自那之后，梓沙就经常缠着梢子说“想吃那个”。妹妹年纪还小，撕不开外面那层塑料包装，所以梢子只能嘴上说着“真拿你没办法”，然后干劲十足地打开冰箱。两人共享着这份被发现就会挨骂的刺激感。食物放入口中的瞬间，看着吃得津津有味的妹妹，梢子也露出了同样的笑容，这就是两人间的小小羁绊。

早知道会变成这样，就打个电话给她了……

如果给梓沙打了电话，听她想商量什么，她或许就不会去跳楼了。

悔意激荡在胸口，让梢子的胃阵阵抽痛，浑身起鸡皮疙瘩，不住地打冷战。

至少应该尽快去医院，向妹妹道歉，自己不应该不陪她商量。梢子内心焦躁不已，感觉电车都比平时慢了不少。

新干线到达时，已经快要半夜十二点了。站在月台上，梢子冷得直发抖，急忙穿上大衣，在车站附近叫了辆出租车。到医院的时候，梢子疲惫不堪，但还是赶紧去了爸妈那里。

父亲发消息告诉她，他们现在换到重症监护室旁边的家属休息室了。

“梢子！”

在护士的带领下，她刚打开休息室的门，独自坐在沙发上的母亲就立刻起身，大喊着她的名字，尖锐的声音回荡在宁静的医院中。

“梓沙情况怎么样？恢复意识了吗？”梢子压低声音问。母亲用力摇了摇头：“还没。医生说大脑没有受伤，但她完全没有恢复意识的迹象……这里的医生真的靠谱吗？要不要去其他医院看看……”

“妈！”

梢子忍不住打断母亲，但或许已经被带她来这边的护士听见了。为什么母亲老是这样，想到什么就说什么。

母亲察觉到梢子的语气中带着责备，便小声说：“为什么？为什么你可以这么冷静？难道你就不担心梓沙吗？”

“你怎么能这么说？我当然很担心她啊！”

梢子深深叹了口气。

这是她结婚后第一次和母亲见面。

平时母亲会定期给她打电话，两个人似乎相处得还不错，但这可能要归功于两个人没有实际见面，如今见面才不过五分钟就已经变成这样了。

“如果你真的担心她，那为什么要抛下我们跑去结婚啊？”

“难道我连选择自己怎么活的权利都没有吗？”这句话差

点脱口而出，但梢子依然努力安慰自己，不要为母亲说的这些话而生气。

“怎么了，怎么喊这么大声？”走进休息室的父亲问道，语气既没有针对梢子，也没有针对母亲。

“我刚听到梓沙还没有恢复意识……那个，梓沙为什么会跳楼？”

听到梢子的问题，父亲皱起眉头说道：“还没有确定她是跳楼。”

“是吗？妈妈在电话里说……”梢子看了眼母亲的脸。

“不是跳楼她跑到大楼楼顶去干吗！说不通啊！自从梢子你结婚之后，那孩子就一直很不对劲！”母亲大吼道。

父亲不理会母亲的话：“今天她店里举办年末聚会，傍晚她去了车站旁边那家居酒屋，然后我们就接到电话说她从那栋大楼的楼顶掉下来了。”

“有人看到吗？”梢子问。父亲摇了摇头。

“下面路过的人发现时，她已经坠落在地了。听警方说，从她身上的伤痕来看，应该是在落地前撞到了铁丝网，幸好有这个缓冲。”

“……这样啊。”

梢子忍不住开始想象那个画面，身体止不住地颤抖起来。

母亲低声喊了下梢子，问：“你有没有听梓沙提起过什么？”

梢子的身体一阵颤抖——母亲是知道了吗？知道她曾拒绝了妹妹有事商量的请求？

“……你是指什么事？”

“有没有说自己最近有什么烦心事之类的？你还在家的时候，不是每天都会听她说这些吗？”

梢子轻拍胸口，松了口气，看来妈妈并不知道什么。要是她知道自己拒绝了妹妹有事商量的请求，肯定会毫不留情地把责任全推到她身上，光是想一想梢子就感到呼吸困难。

梢子轻轻解开大衣的第一个纽扣，小小地吸了口气。

“……我结婚之后我们基本就没有联系了。”

“你为什么不主动联系她呢？你们可是亲姐妹啊！”

梢子感觉呼吸一滞，说不出话来。

“你别这样，还没确定她是不是自杀，也可能是意外啊。”父亲插了句嘴，母亲狠狠瞪了他一眼。

“你别这样逃避现实，你心里肯定也是这样想的吧？听到梓沙从大楼屋顶上掉下来时，你肯定想着‘啊啊，又来了’对吧！”

沉默降临。

没错。从母亲口中听见妹妹跳楼时，梢子非常自然地接受了这个事实。为什么？因为梓沙十九岁时自杀未遂过。每个人都想着，梓沙总有一天会重蹈覆辙。

可即使如此，梢子依然拒绝了梓沙有事商量的请求。

“……总之，我们现在能做的只有祈祷梓沙早点恢复意识，别的什么都做不了。”

父亲的这番话只换来母亲的一句“真是冷血”。

“我要留在医院，你和梢子回家吧。不是真正担心的人留在这里梓沙也不会醒的！”

“但是……”梢子试图说服母亲。

“别说了！”母亲背对着梢子和父亲，坐在沙发上。

“……我知道了，那我明天早上再来和你换班。如果有什么事的话，不管几点，一定要给我打电话。”

母亲只是沉默着。父亲也只说了一句“那我明天再来”，就离开了休息室。梢子跟在父亲后面。

走出医院，感觉外面变得更冷了。坐上父亲的车子好一会儿，梢子的身体都没暖和起来。

车子开了一段时间，父亲先开口了：“东京怎么样，是不是习惯一些了？”

梢子回答说已经适应了。和父亲说话不用像和母亲那样，一直绷紧神经。

“这样啊。直树也还好吗？”

“……嗯，挺好的，不用担心。说到这个，爸，你明天还要上班吧？能请假吗？”

“今天刚好是年底最后一天上班了……都不知道该说是凑巧还是不凑巧了。”

“……这样啊。”

梢子完全忘记现在是年底了。

父亲说了句“是这样的”，之后一直沉默着。虽然和父亲之间无须小心翼翼，但想要两人聊得热火朝天也不太现实。

仔细想想，梢子似乎很久没有和父亲好好聊聊了。母亲会定期给梢子打电话，但这半年来，父亲从未主动打过一次电话，顶多偶尔发张照片给梢子，附带着短短的几句话而已。

比如散步中发现的野猫、路旁掉落的毛栗……这样的距离感刚刚好。

梢子看着窗外不断变幻的景色，和东京相比，这里建筑物的密度可以说低得不得了。

按理说此时应该会有几分怀念之情，但梢子的心中一片漠然。才离开半年就成了如此心境，梢子自己也吓了一大跳。明明结婚之前从未离开过这片土地啊。

梢子从来没有想过自己会离开家乡去往东京，甚至几年前完全没有想过这种可能。归根结底，梢子对东京没有什么好印象，因为那是属于母亲和梓沙的城市，不属于梢子。

突然冒出的这个想法感觉傻乎乎的，让梢子不禁哑然失笑。现在还对以前的事情耿耿于怀，也太过消极了吧。

“我已经改变了，已经和以前的自己不同了。”梢子暗想。

那就更应该听听梓沙想商量什么事吧？心中的另外一个自己如此责备道。

推她一把的是……

难道不是因为害怕吗？

害怕什么？

害怕变回以前的自己。

梢子闭上眼睛，轻轻舒了口气。为了转移注意力，她强迫自己去想点别的。

梓沙到底想“商量”什么？

一种轻微的违和感萦绕在四周，她努力思考着，究竟是哪一点让自己感到不对劲？她从妹妹口中听过无数的烦恼，每次都会回以鼓励。但话说回来，妹妹其实从来不会主动对梢子倾诉。

大多时候都是母亲哭着对梢子说“梓沙看着很奇怪，你去看看她吧”，梢子就会去梓沙的房间问她“怎么了吗？”“状态如何？”说不觉得麻烦肯定是假的，但终究还是无法坐视不管。可自从两人长大成人，妹妹就再也没有主动到梢子房间说过“听我说说话吧”。

从十多岁时起，梓沙再也无法相信这个世界，说出口的话总是在死胡同里绕来绕去，完全没有想要解决问题的积极态度。

我已经不行了。

反正我也不正常。

我和姐姐你不一样。

不管怎么说，梓沙终究没有吐露心声，这让梢子筋疲力尽地离开了那个家。

感觉违和的原因就在于此。现在的梓沙和梢子半年前了解的那个妹妹似乎有哪里不同。特地主动和姐姐联系，对妹妹来说是相当反常的行为，梓沙总是用态度展现自己软弱的一面，但绝对不会愿意主动开口的。

梓沙究竟是被什么事情逼入绝境，甚至让她愿意主动发信息?

这到底是怎么回事?

“爸。”梢子开口。

父亲注视着前方，问：“怎么了？”

“梓沙的手机现在在哪儿？”

车子停在了红灯前，父亲转头看向梢子。

“手机在梓沙的口袋里，但坏掉了开不了机，保险起见已经交给警察了。”

“……在警察那儿？”

“是意外还是自杀……或者是刑事案件，现在什么都不知道。警察也问了我很多问题……那个时候我也跟警察说了梓沙曾经自杀未遂的事情。”

信号灯由红转绿，父亲踩下油门。

“手机怎么了？”

“我想着或许能从里面知道些什么……比如说她有什么烦恼之类的。”

梢子忍不住想对父亲和盘托出——“梓沙会变成这样可能是我的错”，但她说不出口。父亲大概不会责备梢子，但现在对父亲说了又能怎么样？梢子觉得为了让自己轻松点就让父亲分担这份痛苦，是极为卑劣的行为。

“她工作很认真……和你妈妈之间的关系也没什么变化。梓沙看起来情绪比你妈妈更稳定，不稳定的反而是你妈妈。”

“……这样啊。”

就算继续问父亲，也无法知道梓沙想要“商量”什么。梢子不认为梓沙会对父母说这些。

妹妹只会依靠我啊。

梢子突然感觉难以呼吸，把车窗稍微摇下来一点。父亲问：“是不是太热了？”然后调低了空调的温度。

“……有一点。”梢子呼吸了一口从车窗缝隙流入车内的冷空气，上一秒还昏昏沉沉的脑袋瞬间清醒过来，立刻挺直了背脊。

或许有人会觉得事到如今为时已晚，但梢子还是想知道妹妹有什么烦恼，想知道自己能做些什么。

难道不是只想确认自己的确无能为力，以此谋

得心安吗？

或许是这样吧。

你真的很伪善。

即便如此，也比什么都不做好。

梢子闭上了眼，和自己嘈杂的思绪对话。

暌违半年的老家灰扑扑的，像是有些褪色。以前住在这里时不觉得，现在梢子却意识到了，这个家里的人或许都不擅长“生活”吧。

父亲是个工作狂，对家务一窍不通，不是那种家里稍微有点乱就受不了的类型。而梓沙甚至连“活下去”的意愿都少之又少，这样的人也不可能把自己的生活空间收拾得井井有条。至于母亲，她偶尔会在朋友的邀约下，做个短期兼职解解闷，但大部分时间都待在家里。即使如此，在梢子的记忆中，家中从未整洁干净过。梢子二十八岁那年和直树结婚后，最惊讶的事情就是家里所有的东西居然总是待在应在的位置上。除此之外，也是头一次知道有人每天都会打扫房间，而不是在灰尘已经无法视而不见时才打扫。大概是直树独居久了，或是他本身的性格就是如此，就算只有五分钟，他也会非常自然地拿出吸尘器。有好多事情梢子都是到这个岁数了才第一次学会。

至今一直以为再正常不过的事情，或许一点也不正常。

这样的违和感甚至让梢子感到有些恐惧。看着深信不疑的一切逐渐在眼前碎裂崩落，一股不安朝她袭来。

母亲每次看到电视或杂志上介绍的那些家庭主妇，都会表情扭曲、口出恶言——“这都是骗人的”“肯定都是装模作样而已”。梢子从未有过质疑，甚至还会附和母亲：“就是做做样子嘛。”

梢子当时并没有什么特别的想法，但现在觉得，那或许是母亲的嫉妒心理在作祟。明明都是家庭主妇，自己却一点都不擅长做家务。明明也没有人要求她做到尽善尽美，她却总是提前为自己找好借口——“我这样才是正常的，肯定是那些人太奇怪了”。这些行为给梢子留下了很深刻的印象。

“你要不要洗个澡？我明天早上随便冲一下就行。”

父亲从冰箱中拿出一瓶茶，倒进一旁的马克杯里一饮而尽。梢子还以为父亲会拿啤酒喝，想了想，觉得他可能是担心母亲随时会来电话，所以忍住了。

“那我也早上再洗吧。”梢子说。于是父亲说了声“晚安”就离开了客厅。

只剩下自己一个人了。虽然有种想要一屁股坐在沙发上的强烈冲动，但总感觉只要坐下就站不起来了，于是梢子拿起行李箱爬上了二楼。

梢子走进自己以前的房间，大小在九平方米左右。她打开灯，呆呆地看着空气中飞舞的尘埃在灯光下闪闪发亮。

虽然床还留着，但大多数东西都在她结婚时丢掉了，房间里几乎没什么私人物品，现在基本上变成储物间了，门口甚至还摆着已经套上垃圾袋的电风扇。梢子跪坐在床上打开窗户，等待着冷空气涤荡滞留在房内的淤塞之气。梢子穿着大衣靠在床边坐下，拿出手机先打了个电话给丈夫。已经过了凌晨一点半了，直树或许已经睡了，但铃声才响了两下他就接了。

“抱歉，吵醒你了吗？”

直树立刻回答：“没有，我还没睡呢。”

听起来不像说谎的样子，但这样反而让梢子有些担心。是因为工作回家太晚了，还是早就回家了但睡不着呢？其实从明天开始直树就要放新年假期了，但听他说工作还没有做完，所以明天也得去公司。

“梓沙怎么样了？”

“医生说大脑没有异常，但还没有恢复意识……虽然有点对不住直树你，但我想在这边多待一阵子，可以吗？我妈情绪很不稳定，所以……”

直树说：“当然没问题。”

“……谢谢你。明天早上要打电话叫你起床吗？”

“不用，没关系的，你不必为我担心。”

梢子道过晚安，挂断了电话。

房间里冷得跟室外一样，梢子急忙关上了窗户。她拿起遥控器，犹豫了一下要不要开暖气，但很显然，滤网肯定没有清洗，于是最后还是放弃了。她忍受着寒冷换上带来的睡衣，钻进被窝中。床褥有股霉味，熏得她的眼睛微微发痛。

梢子轻轻咳嗽了几声，翻看着手机通讯录。

有谁会知道梓沙身上发生了什么事情呢？

看着通讯录上的名字，梢子的胃开始抽痛。她从没想过自己还要跟他们联系。

梢子之前是个书店店员，大学毕业就在那里工作，整整六年，结婚后才辞了职。当她向总公司报告自己要结婚时，他们一副理所当然的样子："所以是要辞职对吧，为了维持家庭也是没办法嘛。"

梢子工作的书店在东京没有分店，她本来也是打算辞职的，所以倒也没有遭受什么实际上的损失。她也知道到目前为止，公司里的女性员工全都在结婚之后辞职了。虽说如此，她还是感觉颇受冲击，脑海中一瞬间闪过"反正都要辞职了，最后起码要为了同事们对公司这种跟不上时代的经营模式说些什么"的想法。但这些话梢子说不出口，因为她在报告自己要结婚的同时，还打算请求公司聘用妹妹当兼职店员。

当时的梓沙没有工作，成天宅在家里。母亲想着要是梓沙和姐姐在同一个地方上班的话，或许也可以勉强开始工作了，所以让梢子去找公司说说情。梢子也觉得梓沙只能跟在自己身边工作，即便不能一直待一起，但不好意思开口问别人的事情能毫不犹豫地向姐姐请教，自己也能把她介绍给大家，帮她尽快融入职场。梢子只能咽下真心话，一如往常地赔笑着含糊带过。

虽然想着“也只能这样了”，但当时的沉默让梢子感觉像是背叛了一起工作的伙伴，她觉得非常尴尬，因此也不太好意思主动联系大家。这半年以来，除了一个人之外，她和其他同事都疏远了。

想到这里，梢子停下了滑动手机画面的手。

关美里

六年前，美里来书店兼职，跟梢子差不多是同一时间进的公司。美里比梢子大四岁，因为和异地恋的男朋友结婚而辞掉了之前的工作，来书店兼职。她后来因为生孩子辞职了，但孩子满两岁的时候刚好书店在招兼职，所以她又回到店里工作。

美里总是满脸笑容，让人感觉如沐春风，在这家女性比例极高的书店里，可以说是润滑剂般的存在。人一多，纠纷与摩擦就会等比例增加，但美里巧妙地游走在不知不觉出现的各个小团体中，很好地完成着自己的工作。

如果是她的话，梓沙或许会跟她说些什么。

书店里每个类别都有专门负责的店员，美里负责的是童书。

他们的分店在购物中心里，很多顾客是全家人一起来的，童书区常被想要自己去购物的父母当作托儿所，给小孩子抛下一句“在这边等着”就离开了。童书区非常吵闹，但美里既不会完全无视响彻卖场的孩童哭声，也不会过度在意，只是平淡地做自己的工作，注意周遭的状况。

梢子辞职后，美里曾和她联系过几次，只是交流彼此的近况，最后都会用一句“你回老家的时候，记得来店里看看哦”结尾。非常普通的对话，没有特别深入的交流。

美里总是非常忙碌，但性格一直很开朗。梓沙或许会和她亲近，找她商量些事情。

梢子编辑了一条短信，重写了好几次，才终于下定决心按下了发送键。

这么晚打扰你真是不好意思，如果把你吵醒了，我想先说声对不起。

我现在回老家了，应该暂时会在这边待一段时间。你下班之后有空的话，能不能见个面呢？我有点事情想要问你一下。

梢子把手机插上充电器，在被窝中缩成一团，似乎把身体蜷缩在一起，痛苦也会跟着变小一点。梢子睡眠不好，明明身体已经筋疲力尽了，大脑却还在不停运转，许多事情浮现在眼前，不同的影像交织重叠在一起。

梢子不擅长喝酒，没法靠睡前酒来获得睡眠。这种时候能尝试的，无非是幻想一下喜欢的小说的后续。小说的女主角们经常会遇到一些困难，但总会有白马王子施以援手。

但今天总是没法随心所欲地幻想。

脑海中浮现的，都是梓沙身上插满管子，躺在惨白的病房中沉睡的模样。这并非梢子今天看见的样子，但也并非完全出于想象，而是过去记忆中的梓沙。梢子紧紧闭上眼，试图摆脱这个画面，但心电监护仪的声音似乎还残留在耳边。

那声音保持着一定的节奏，间隔逐渐加大，最后响起宣告心跳停止的警告声。梢子死死地抱着脑袋，反复告诉自己这不是过去的记忆碎片，只是自己的想象而已。但画面没有因此停止。不知何时站在身后的母亲，看见这一幕大声叫喊："全都是因为你要跑去结婚！"

就在此时，手机振动起来。梢子抬起沉重的手臂拿起枕边的手机，是美里回信息了。

晚安！我不小心在沙发上睡着了，谢谢你叫醒我！原来你回这边了呀，机会难得，我也很想和你见面。

明天早上我再跟我老公说一声，如果他能替我去接有纪放学的话，下班后应该可以见个面。明天再跟你联系哦。

梢子回复：“谢谢你了，明天见。”

她小声叹了口气。

美里的信息里完全没提到梓沙，梢子还以为她今天也去参加了在居酒屋举办的年末聚会，而且知道发生了什么。但回想起来，美里自从复职以后，从来没参加过书店的聚会。她的丈夫是自由设计师，时间比上班族自由。虽说如此，可能她还是对把年幼的孩子丢给丈夫照顾、自己跑去喝酒感到不妥吧。不管怎样，美里的短信里依然满是温柔，完全不会让人有不舒服的感觉。梢子打心底尊敬走在社会认知里的“普通”道路上的美里，觉得她非常耀眼。

翌日清晨，美里发来短信，说丈夫会帮忙带小孩，可以今天下班后在车站附近的家庭餐厅见面。

不知道是因为知道梢子不喝酒，还是她自己生完小孩后就滴酒不沾了，美里选择了这种可以毫无负担地进去的店，实在是让梢子非常感激。梢子现在是家庭主妇，去价格昂贵的店会有些为难。

梢子收拾妥当后就和父亲一起去医院，半路上顺道去了趟便利店，给母亲买了份早餐。梢子在车上啃着面包。

“休息室可以吃东西吗？”梢子似问非问地喃喃自语。

“应该可以吧，如果不行就在车上吃。我觉得让你妈妈回家一趟比较好，回家之后再吃也行。”

“好，那到傍晚为止就由我来陪梓沙。因为有点事情想弄清楚，傍晚我要和以前书店的同事见个面，你能在那个时间和我换班吗？”

父亲应声之后又陷入沉默，没追问详情。

父亲肯定知道梢子是想要调查梓沙发生了什么事，但他没有刨根问底。是因为他是男人，还是性格使然呢？

要说梢子更像父母中的哪一个，她感觉自己绝对更像父亲。与心直口快的母亲相比，梢子很多时候都会把想说的话咽下去，选择沉默。但这不代表她是不在意细节的人。

她非常在意一些小事，常常被某种强烈的冲动驱使，想开口询问、确认，但终究无法说出口。

走进休息室，母亲和昨天一样弯着腰、头前倾地坐在沙发上。梢子一喊她，她便憔悴地抬起头小声回了句“梢子”。母亲的情绪起伏很大，现在没有昨天那么激动了，但已经显露出了疲态。梢子确信，即便母亲不愿意听父亲的意见，也一定会答应梢子的提议。

“……妈，你累了吧？先回家睡一会儿，爸开车带你回去。”

母亲的眼睛一瞬间亮了一下，但立刻又把真心话抛在一旁，摇头道：“……不行。梓沙还没恢复意识，我怎么能回家呢？”

梢子继续温和地劝说：“这可不行，要是连你也倒下了，不就本末倒置了嘛。妈，求求你了，回家睡一会儿吧。我给你买早餐了，你把它吃掉，好不好？”

短暂沉默一会儿后，母亲轻轻点头：“那梓沙就拜托你了……姐姐。”

梢子走出休息室，目送两人离去。母亲跟在父亲身后，背影逐渐消失在转角。梢子轻声叹了口气，回到休息室的沙发上，从塑料袋里拿出一瓶红茶，润了润干渴的喉咙。医院规定的探视时间是中午十二点到下午两点和下午四点到晚上八点，再过两个半小时就能见到梓沙了。

梢子重新在沙发上坐好，视线落在脚尖上。

一路见到的所有景象都令梢子心惊胆战，在影视作品中才会看到的精密仪器，在加护病房里工作的医生和护士和一直沉睡着的妹妹，所有的一切都令她害怕。

梢子突然想起来，在这儿手机必须关机，她从包里拿出手机，关掉电源。屏幕转黑的瞬间，耳边似乎响起了心电监护仪刺耳的警鸣声。梢子感觉手心正在冒汗。

梓沙年仅十九岁，未来还很漫长，但她现在居然因从高楼摔下昏迷不醒。曾经发生的事如今依然恍如昨日，记忆逐渐在脑海中复苏。

当时妹妹过量服药被送到医院，第一个发现她的不是别人，正是梢子。

梢子至今还记得，那天她下班回到家，刚踏入家门，母亲立刻跑了过来。

“我叫梓沙出来吃晚餐，但她根本不出来。你是姐姐，拜托你去看看她怎么样了。”

晚餐时间已经过去很久了，看来那天她是晚班或全日班。

“一句话都没回吗？”

“一点回应都没有。我怕直接开门她会生气，所以只能拜托你这个姐姐了。”

梢子说着“我知道了”，心中想着“就是因为你太烦了，所以梓沙才故意这么跟你反着来吧”。站了一天，脚都有些浮肿，梢子踏着沉重的步伐一步步走上楼梯。

“梓沙？你睡了吗？我刚回来，要不要一起吃晚餐？”

梢子敲了敲房门，仔细听着屋里的动静。这扇门没安锁，轻易便能打开。但要是这样做，妹妹无疑会再次关闭心门，所以只能耐心等待。平常只要梢子喊个两三声，梓沙就会回应。得到妹妹同意后，她就走进房间，听妹妹说话，给出安慰，然后姐妹俩一起去客厅。母亲不愿意理解梓沙，所以梢子早已决定由自己来承担这一份责任。不管梓沙想说什么，梢子都会倾听。不然的话，梓沙就真的无容身之所了。

可那一天，不管梢子喊了多少次，梓沙始终没有回应。老实说，她刚下班，真的是疲惫不堪。对了，那天还是连上七天班的最后一天。梢子只想快点吃完饭、洗个澡、上床睡觉，根本没有多余的精力去照顾完全不想迈步向前的妹妹。

“梓沙？我要进去了哦？”

梢子察觉到自己的招呼声中带着不耐烦，咳了一声含糊过去。稍微把门打开一点，梢子已经尽可能不发出声响了，但门还是发出了“嘎吱”的钝响。

梢子透过门缝偷偷望向房内，只看见梓沙在地毯上缩成一团的背影。梢子有些讶异——梓沙怎么睡在这种地方？梢子把门拉开，发现房里非常冷。当然，那天外面的天气也非常寒冷。梢子想着，没开暖气的话，该不会是感冒了吧？她走进房间。

“梓沙，你这样会感冒哦。”

梢子凑上前看妹妹的脸，发现她身旁有好几个掌心大小的盒子。忽然，安眠药和感冒药这些字眼映入眼帘。本应装着药片的药盒全空了，在灯光照射下闪闪发光，梢子瞬间明白妹妹做了什么。

无法积极活着的她，就算想要结束生命也不是多令人惊讶的事情。但是梢子一直觉得妹妹不会这样做，与其说是相信妹妹，倒不如说是一种轻视的情绪——她不可能做得到。

不管怎么说，妹妹都不可能有这种“勇气”。

梢子惊声尖叫，大喊母亲，蹲在妹妹身边不停呼喊她的名字。梓沙原本白皙的脸庞更加苍白，梢子下意识地拉起她的手腕确认脉搏。“梓沙，为什么……”话说到一半，梢子突然想起那天早上的对话。

梓沙在梢子出门上班之前就起床了，红肿着眼睑，对梢子小声说：“今天也没睡着。”想到这些，梢子心里就后悔得不得了。

“如果困了，白天睡会儿不也挺好嘛，没事的。”

梢子努力让自己开朗地说出这句话，但话里不知怎么有股带刺的感觉。或许正是这根小刺推着妹妹走向了错误的方向。听到梢子的尖叫跑来的母亲吓得瘫坐在房间门口，梢子用抖得不成样子的手拿出手机叫救护车。她的记忆断在了这儿，已经完全不记得自己是何时联系了父亲，还有和救护人员说了些什么。

唯一记住的，只有“人类或许很容易就会死掉”这一念头带来的压倒性的不安。

身体止不住地发抖，梢子环抱住自己，试图抑制住身体的颤抖。闯入视野中的手表上，指针已经过了十二点，探病时间到了。

梢子非常害怕看见妹妹。

病房中，病床一字排开，梓沙就躺在其中一张上。她看上去跟六年前没有任何不同，身材纤细得似乎稍一触碰就会停止呼吸。因为肌肤白皙，显得她的眼眸更是鲜红，她没睡好时总是这样，黑眼圈大得像涂了眼影。缠着绷带的双手双脚看上去就很疼，即便如此，她看上去也仍旧颀长优美。

有多久没这样好好地看着妹妹了呢？明明一直住在一个家里，一起生活、一起聊天，但梢子感觉自己总是尽可能地不去看她。只要被那双带着忧郁的淡褐色眼眸看着，梢子就会感到无比紧张。她之所以现在可以这样注视着梓沙，就是因为梓沙此时双眼紧闭。妹妹戴着氧气罩，连呼吸都需要机器协助，梢子明白梓沙现在正在生死关头徘徊。心电监护仪的声音让梢子更加不安。

突然，梓沙长长的睫毛微微颤动起来。

梢子反射性地喊了声“梓沙”。

“怎么了吗？”附近的护士开口问道。

梢子摇摇头：“没事……我以为她醒了，不好意思。”

重新面对妹妹吧。梢子轻轻点了点头，对自己说。

妹妹还活着，一定要好好面对她啊。

心电监护仪的声音就是梓沙拼命想要活下去的声音。现在还不知道妹妹到底是不是想要自我结束这段人生，但她的身体还想要活下去，这就是事实。

下午四点，父亲独自来到医院。

梢子问他母亲怎么了，父亲说："她说她身体不舒服，要待在家里。"

他说完，坐在沙发上，平日很少生气的脸上此时显露出了些微不悦。

"她一个人没关系吗？有看医生吗？"梢子问道。

"别管她，她只是在逃避而已。"

梢子没问下去。她明白母亲想要逃避的无非是"现实"，逃避可能会发生的"最糟情况"，装作一无所知。梢子和父亲定好明天早上换班，便离开了医院。

搭上前往车站的公交车，抵达和美里约好的家庭餐厅时还不到五点。离约好的时间还有三十分钟，她决定先进店里点杯饮料休息一下。

很久没和女性朋友见面了，梢子有点紧张，她回忆着自己和美里的聊天方式。

声调高还是低？

音量大还是小？

聊天的时候敬语占多少？

世界上有人对待任何人的态度都一以贯之，但大多数的人不管有意识或是无意识，都多少会根据相处对象来改变自已，这就是所谓的大人。虽然这也算不上“虚伪”，但梢子还是对此感到很不自在。

红茶见底时，美里走进了店里。

美里原本就身材苗条，这半年似乎又瘦了不少。她看见梢子，满脸笑容说：“久等啦！”

“上班辛苦了，你那么忙还突然麻烦你，真是不好意思。”

美里脱下羽绒外套，在梢子对面坐下，说道：“不会呀。如果要等到不忙的时候，那恐怕我们这辈子都见不了面了，我还得谢谢你约我出来呢。”

她这句话透露出兼顾家庭和工作的辛苦。

“而且辛苦的人应该是你吧，我今天去上班时听说梓沙的事情了，还好吗？”

不知道她是担心梓沙的状况，还是担心梢子。

“听说大脑没有异常，但还没有恢复意识，所以我打算暂时留在这边。”

“嗯，这样也好。”美里点头说，“你饿了吧？我们先点餐吧，越是这种时候越要好好吃饭啊。”

美里把菜单递给梢子。梢子说了声谢谢，接过来点了份汉堡套餐。美里说胃有些不舒服，点了海鲜粥。

“那么，你是想问我关于梓沙的事情吗？”

梢子原本想着吃完饭再谈这件事情，被突然问到，一时间有些哽塞，但转念一想，美里本来就很忙，根本没有时间用来闲聊。

“嗯，是的……希望你能够保密……”

她意识到的时候，提醒的话已经说出口了。可这句话的确是非说不可。

“昨天早上梓沙发短信给我，说有事想和我商量。可还没等和我说，就发生了这种事……我很在意。”

美里轻轻点头，直直地盯着梢子。

“我这段时间都没跟她联系，真的毫无头绪。可以麻烦你跟我讲讲她最近在店里的情况吗？不管多小的事情都没关系，和她说话时有没有感觉哪里不对劲，或是听到什么谣言……有这些情况吗？”

“嗯……”美里歪歪头，“我们有时候会一起收银。她长得那么可爱，顾客里有不少她的粉丝，我经常看到有客人找她搭话。她看起来不像二十五岁，感觉就是个楚楚可怜的美少女，光是站在收银台后面就美得像幅画一样。”

“确实呢。”梢子笑着点头，不确定自己是否真的露出了微笑。明明她早就习惯了别人对妹妹的夸奖，但无论多少次都无法自然而然地展露笑容。

“她好像还学会包装礼品了……我知道的大概只有这些。”美里歉疚地笑了笑，“你知道，我每天都忙得不可开交，没有闲聊的时间。抱歉让你特意跑来见我一面，但我确实不知道更多的情况了。”

“这样啊，”梢子轻轻点了几次头，“不好意思，问了你奇怪的问题。”

“对不起，帮不上什么忙。”美里说。端着海鲜粥的店员恰在此时出现在了她身后。时间刚刚好，梢子也不需要多说什么客套话了。

“放着会冷掉的哦，快吃吧。”梢子说。美里双手合十：“那我先开动了。”

梢子端起杯子想喝茶，发现茶已经喝光了，便说了一声，起身去饮料台。几个小孩在饮料吧前兴奋地选饮料，梢子在不远处看着这一幕，回想起美里刚刚说的话。

“没有闲聊的时间。”

这句话像刺一样刺进梢子心里，难以拔除。

从美里一年前重返岗位直到梢子辞职，她好几次来找梢子商量事情，不是工作上的事情，而是私事。与其说是商量，倒不如说只是倾吐苦水。

我女儿可能是发育迟缓。

我老公一点都不帮忙做家务，太累了。

公公婆婆老是指手画脚。

梢子明白，她对未婚的自己说这些并不是为了得到答案，只是需要有人听她倾诉。

清点需要补充的商品或休息的时候，如果只有她们两人，美里就会用“对了，可以聊聊吗？”开头，就算是在抱怨，她也总是满脸笑容，反而更让人担心。

梢子很少见到美里和其他店员聊私生活，想到她是如此依赖自己，就感觉有点开心。正因如此，即使在工作中，她也会认真倾听，哪怕多少有些耽误工作。梢子知道美里不能把私人时间花在自己身上，所以就奉献出了自己的时间……这样的说法，可能有些傲慢吧。

美里认为她那多次的倾诉是“闲聊”吗？与梢子说话都是在“闲聊”吗？她是否觉得愿意和她说话的梢子是“闲到有时间聊这些话”的人？

我真是气量狭小。

梢子闭上眼睛，摇了摇头。

“不好意思，请问你要用吗？”

背后传来声音，梢子回过神，转头一看，一个看上去像是个学生的青年拿着杯子不解地看着梢子。之前站在饮料机前的孩子们早已消失，大概都回到座位上了。

“不好意思，我刚刚走神了。”梢子点头道歉，慌慌张张地在杯子里丢入红茶茶包，倒入热水，转身离开。错身时，她听到对方轻微的咂舌声，梢子的心情更加低迷起来。

不能因为这点事就消沉。不管美里怎么想，都要感谢她今天特地抽出时间来见自己。

回到座位上时，梢子的汉堡套餐已经端上桌，美里碗中的海鲜粥似乎没怎么减少。

“久等了。”

“啊，你点的餐也来了哦。”美里推过装刀叉的盒子，梢子向她道了声谢。

“那你最近怎么样？店里都还好吗？”梢子把汉堡切成小块问道。她不知道书店的大家过得怎么样，这半年来完全没有相关的消息。她没有勇气用电话或者电子邮件联系一起工作过的人，但很早就寄出了新年贺卡。她不知道会不会有人回，但无论如何也想寄出去。要是错过这个机会，或许这辈子都不会有联系了。

美里伸手拿过纸巾，笑道：“嗯……跟之前差不多吧，也才过去半年，不会有什么大变化啦。果然，人长大之后不会有什么大变化，相比之下孩子成长得就太快啦。昨天还做不到的事情，今天就可以做到了，真的觉得好厉害啊。”

梢子一瞬间不知道美里在说什么，只能沉默不语。

但她马上明白过来，美里想提的近况都关于自己的家人。这也没办法，每个人重视的事情不同也是理所当然的。

梢子回道“真的很厉害呢”，说完后把切好的汉堡肉排送入口中。

“虽然有很多累人的事情，但我还是觉得生个孩子真是太好了，和小孩子一起生活一点也不痛苦呀。你在考虑小孩子的事吗？还是想继续享受新婚的感觉？”

“……我们还早吧，我好不容易才习惯东京的生活，最近在找工作。”明明是美里提起的话题，梢子说出口后，她却一脸不感兴趣地点了点头说：“这样啊。”她用汤匙舀了勺海鲜粥。

话虽如此，其实梢子对美里的私生活也没什么兴趣。梢子对自己说“也算是彼此彼此了”，但这种不合拍的感觉让梢子有些感伤。在听完美里讲述自己的生活后，梢子真切地感受到了自己和美里之间的距离。

以前还有“职场同伴”这个共通点，就算彼此有所差异，依然能继续聊下去。但当两个人变成“前同事”的瞬间，似乎突然就陌生了。对于这点，梢子深有感触。

梢子重新坐好，挺直腰杆告诫自己：现在可不是该伤感的时候。

她今天可不是来聊天的，之所以找美里出来，是想尽可能地了解与梓沙相关的事情。就算不清楚具体发生了什么，至少也能了解妹妹工作场所的情况。

“店里的大家怎么样？都还好吗？”

美里放下汤匙，歪着头。

“在你辞职之后吗？都很好呀，没什么特别的变化……

啊，有个正式员工来接替你的工作了，另外就是最近‘警备员先生’每天都会来店里，差不多就是这些吧。”

听到这个熟悉的绰号，梢子有点开心。“警备员先生”是店里的常客，但他很少买书，会捡起别人掉在店里的垃圾递给店员，或是到处巡视有没有人偷东西，因此被取了这样一个绰号。

突然，美里放在桌上的手机响了。

“……啊，是我老公。对不起，我可以接个电话吗？”

“当然。”梢子点头，美里拿起手机，走到店外。

梢子看着自己没怎么吃的食物，想着得趁现在快点吃，待会儿才能静下心来好好说话。就在这时，她突然发现美里没有点饮料。她连上班都会自备装满温水的保温瓶，现在居然只喝了冰水，梢子感觉有点不对劲。

啊，原来是这样。

美里没打算在这里待太久。梢子再次感到剩下的时间已经不多了。

美里接完电话回来，抱歉地说道：“我女儿好像身体不太舒服。”

梢子忙催促道：“那你最好还是早点回家吧。”这是真心话。

二人一起走到自行车停车场，梢子为她送行。美里突然说：“我今天提到要和你见面后，井口小姐说也想见见你。

她在店里的工作时间比较长，或许会知道关于梓沙的什么事情。”

井口英子。光是听到她的名字，梢子都感觉胃部一阵冰冷。

“如果你要留在这边一段时间，要不要联系她看看？”

“谢谢啦，我会试着跟她联系的。”梢子客气地回答，挥了挥手。

美里握住梢子的手，说：“绝对没事的，梓沙绝对会没事的。”

美里的掌心坚硬又粗糙。真是怀念啊，那是半年前和自己一样的一双手，是劳动者的手。

“很粗糙对吧？手已经跟老奶奶一样了，擦再多的护手霜都没用。”她自嘲一笑，放开了梢子的手。

“……没办法，只要碰了书，手上的水分和油脂都会被书本吸走。”

“对啊，根本就是职业病嘛。”她说着跨上自行车，朝梢子挥了挥手，“那就再见啦，保重身体呀。”

梢子目送她的背影远去，转身走向车站。美里人真的很好，而且比任何人都要成熟，不像自己，因为一点小事就会筋疲力尽。梢子不止一次地想——“真想变成像她那样的人”。但只有一个人，曾经毫不掩饰地对美里表露出自己的情绪。

那就是井口英子。

那是某天的午休时间。梢子和英子在休息室里面对面坐着一起吃午餐。英子通常自己做便当，那天吃着从美食街买来的汉堡。梢子发现，她会在忙碌的周日结束的第二天偷个懒。

那天新出版的书籍和要补充的商品不多，上午相对清闲，让人松了一口气。美里来和两人会合，打开自己做的便当，说起周日和小孩一起去游乐园的事情。梢子看到英子在听到这个话题的瞬间，立刻板起脸来。

“你难道不知道我们有多忙吗？”

梢子很轻松就能猜到英子的心中所想。不，现在回想起来，梢子自己也是这样想的。调休她没意见，但多多少少也该顾虑一下上班的人吧。紧接着，就在下一秒，英子开口了。

“在最忙的时候调休，你就不觉得不好意思吗？”

梢子没有想到英子会直接说出口，想缓和一下气氛，于是脱口而出道：“她孩子还小嘛，这也是没有办法的事。”

美里有点伤脑筋似的歪头一笑。

“我工作能力也没那么强，有没有我在应该都差不多吧？”

瞬间，梢子耳边传来了英子倒吸一口气的声音，但她还在忙着打圆场“才没这回事呢”，而英子只回了一句“哦，这样啊”，之后便一言不发。此时气氛一片尴尬，美里第一个起身离开了。

“那我先走了哦。”

等到她走出休息室，梢子才终于感觉能够呼吸了。

“我和美里的时薪……”英子呆呆地看着天花板，喃喃道，“只差了五十日元。这说明我的工作表现被认为只有这种程度吧，真令人伤心。”

梢子不知说什么好，英子把最后一口汉堡塞进嘴里，说“我先走了”，然后便离开了休息室。

梢子进公司前，英子就是合同工了，她以工读生的身份进入公司，之后转成合同工，时薪是九百日元。没经验的工读生一般起薪为八百五十日元一小时，算下来时薪其实只加了五十日元。出版社的业务员们相当信赖英子与其他资深的店员，特别是英子。除了她自己负责的文库本，她还常常被拜托帮忙看文艺书籍的校样，写些感想，让出版社可以放在书腰上，在负责人敲定订书数量时也能作为参考。而她自己还有平常该做的工作，大多是在回家后牺牲自己的个人时间看校样。梢子记得英子曾经提过，有很多出版社拜托她，她堆了很多校样还没看。

“我在看校样时，经常会穿插着看来转换心情，真忙呀。”她如此笑着说道，看起来一点也不觉得辛苦，她打心底深爱着书籍。

但是，不管是看校样，还是写出多么精彩的书评，都不会提高她的时薪，更没有人给她额外的奖金，出版社也不会提供书评的稿费。当然，作为帮忙看校样的谢礼，出版社会通融一二，让书店能多进点热销商品，或者提早透露消息给书店，等等。书店从中得到了不少好处，可以说是互利共赢。但这些是否被认为是英子的个人业绩呢？感觉又并非如此。

最近很流行“价值压榨”这个词，从外人来看，英子肯定是被压榨的一方。但如果本人毫不介意，旁人也无从插嘴。

只不过……

工作态度完全不同的两个人待在同一个空间，就无可避免地会产生冲突。美里和英子的工作表现，换算成时薪之后，真的只有几十日元的差距吗？梢子工作时，也和英子有着相同的疑问，但梢子对此已经感到十分厌倦了。

回家前梢子顺路去了趟超市，她打电话给母亲。

“妈，你吃晚饭了吗？我现在在超市，要买点什么回去吗？”

“……我没什么食欲，不用买。”母亲细声说完就挂断了电话，声音像是刻意表现出自己没精神似的。梢子的心情不禁也跟着消沉起来。梢子把运动饮料、酸奶和果冻等方便食用的商品随手放进购物篮，急忙去结账。看到柜台的展示架上摆放着过年吃的年糕和火腿等东西，年底忙碌的气氛更是煽动了这股悲伤的情绪。

从在这家书店工作开始，一直到辞职，梢子除夕和元旦都得上班。母亲每年都会抱怨说“为什么每年都是你去？”但对梢子来说，待在店里反而更开心。

她排队结账时，口袋里的手机振动起来。梢子离开队伍，到门边按下接听键。

“喂，我是志田。”

梢子报上名字后，对方说：“这边是石垣不动产。”

是梢子昨天上午去面试兼职的公司。

“多谢关照，昨天很感谢你。”说着就开始不自觉地点头致意。

对方却回了句：“我们也要谢谢你特意过来。”他有气无力的音调让梢子还没听到后续就知道结果了。

“谢谢你专程过来面试，但我们已经决定要录取其他人了。哎，志田小姐你没有行政工作的经验对吧？我们想要立刻就能上手的员工，所以这次可能就无缘了。”

“我明白了，谢谢你。”梢子说完立刻挂断了电话，把手机收进大衣口袋中，重新排队结账。

明明只有服务业经验，却想找行政事务工作，主要还是因为想跟丈夫在同一个时间段休息。她也有见过书店的招聘启事，但基本要求都写了需要周末排班。梢子虽然有相关经验，但感觉书店也不会因此而迁就她。现在想来，之前工作的书店在这一方面还是很善待兼职的主妇们的，在服务业中也算罕见吧。周末和法定节假日就算了，连盂兰盆节和新年连休都能自由排休，这也是梢子离职之后才察觉到的优点之一。

结完账，梢子踏上了归途。

随着离只有母亲独自在家的地方越来越近，某种窒息感悄然而至，宛如登山一般，连周遭的空气似乎都越来越稀薄。

一想到要顾虑母亲的身体状况和心情，只能用笑容代替真实的表情，梢子不禁绷紧了身体。从孩提时代起，这个习惯就从没变过。

在门前深吸了一口气，梢子走进家门。

“妈，我回来了。你身体还好吗？”梢子让语气里充满担忧，但也要注意把音量控制在母亲能听清的程度。为了平稳度过这次的突发状况，梢子必须扮演一个好女儿的角色。

走到客厅一看，母亲躺在沙发上，用手掌遮住了眼睛。

“你还好吧？是贫血了吗？”

梢子只是轻轻碰触了母亲的肩膀，母亲却夸张地晃动着身体，随后移开自己的手，边眨眼边往上看向梢子。

“……你刚回来？现在几点了？”

梢子看了眼手表，告诉母亲现在是晚上七点左右。母亲说着“是吗”，然后坐了起来。她坐好后用力叹了口气，以手扶额，说：“好久没偏头痛了，虽然已经提前吃药了，但都没什么用，真是烦人。”

茶几上还放着止痛药和玻璃杯。

“有吃午餐吗？稍微吃点东西垫垫胃会比较好，我买了果冻和酸奶，你要哪个？”梢子用更温柔的声音说。

母亲说要酸奶，梢子便把三盒装的酸奶拆下一盒递了过去，接着又到厨房去拿勺子。打开餐具柜的抽屉，传来一阵嘎吱声。家里根本不需要这么多刀叉，而且把它们整理得更整洁一点不好吗？一不小心，这种对母亲的否定就冒了出来。

“你今天去哪儿了？”

梢子转过头，发现母亲一直在盯着自己看。梢子忍不住别开视线，从抽屉中拿出一把较小一点的勺子。

“……我去车站那边和以前书店的同事见了一面，想着她可能会知道关于梓沙的一些事情。”

梢子斟酌着用词，努力不踩到母亲的雷点。

梢子递出汤匙，但母亲没有接过去。

“问关于梓沙的什么事情？”母亲带刺的声音让梢子屏住了呼吸。

“……我只是去打听一下，问问梓沙最近是不是有什么烦恼。”

梢子话一出口，母亲深深喘了口气后又抱住了头。

“你为什么非要做那种丢人现眼的事啊？”

“怎么就丢人现眼了……”梢子困惑地问道。

“那孩子可能有什么烦恼，身为家人的我们却一无所知，这不就是丢人现眼吗！”母亲肆意发泄着情绪，让梢子的心如坠冰窟。

不就是这样吗？我们根本不了解梓沙。

梢子连声说着对不起，向母亲道了歉，但她心中丝毫不认为自己有错。

“明天早上我去跟爸爸换班，你在家好好休息吧。”梢子把勺子放在茶几上，朝房门走去。为了不引发更激烈的争执，现在立刻离开才是上策。

“你老是这样！总是一副帮了我什么忙的样子！”

母亲的挖苦从背后紧接着砸了过来，梢子一瞬间停下了脚步。

“你是姐姐，不是理所当然要照顾妹妹吗？我有说错吗？”

梢子转过头，露出了微笑，摇摇头道：“……妈妈，你没有说错，你是对的。”

从有记忆开始，梢子印象中的第一个画面就是坐在暖炉桌前，写着母亲买来的平假名字帖。据母亲说，梢子不到三岁就已经会写所有的平假名了。

“这都是因为我的教育方法很正确。”母亲得意扬扬地说，一副很开心的样子。母亲认为，梢子之所以对文字感兴趣，都是她经常带梢子去图书馆念绘本给她听的缘故。听母亲这么一说，梢子好像的确有坐在自行车后座的位置，把脸贴在母亲背上去图书馆的记忆。

养育第一个孩子的过程中，应该有许多不安与迷惘吧。父亲是工作狂，祖父祖母也住得很远，身边没有人可以依赖。结婚后才首次离家的梢子，现在也多少能够体会母亲当时的辛劳了。

实际上，梢子光是和丈夫过着二人世界就已经有数不清的迷惘了，如果再有个孩子，虽然可能会带来极大的幸福感，但显然烦恼也会随之增加。

当与孩子朝夕相处时，自然会将所有的热情都灌注到眼前的孩子身上，这一点倒不难想象。而这份热情，毋庸置疑就是爱。无论对错，那都是爱。

但在妹妹出生的瞬间，像是整个世界都天翻地覆了一般。

在母亲心中，梓沙成了第一位，她一定是被梓沙那天使般的容貌吸引了吧。接着，母亲的欲望日益膨胀。她觉得凭借梓沙的容貌肯定能有所成就，这份美貌让母亲像中了邪一样。

不知从哪儿查到的，母亲让梓沙参加了经纪公司的选拔赛，让她成为婴儿模特。梢子长大之后才知道，婴儿模特的世界并没有那么单纯。

小宝宝每天都会以惊人的速度成长，如果成为经纪公司旗下艺人时和参加工作选拔时有所改变，工作就会变成煮熟的鸭子飞掉，这类事情屡见不鲜。

而且，如果住东京还无所谓，但住在外地前往拍摄地点真的是相当辛苦的一件事。大人单独前往倒不怎么累，但要带着婴儿去东京拍摄，就真的是劳心费力了。带着大包小包在人群中挪动，还经常遇到预料之外的突发状况。不仅如此，交通费、住宿费都要自掏腰包，酬劳却是杯水车薪，自己倒贴是常有的事。但母亲对于这些辛苦从来都不以为意，她努力说服父亲“这都是为了梓沙的将来着想”，积极地让梓沙参加选拔。但因为没人帮忙照顾四岁的梢子，所以母亲每次都只能带着她一起去东京。老实说，当时的梢子根本不知道为什么要搭新干线，到底要去哪里。

只不过，她也发现自己只是个附赠品。

母亲常买新衣服或围兜给妹妹穿，而梢子只能穿亲戚不要的衣服。亲戚的小孩都是男孩子，穿的衣服自然和附近女生们穿的截然不同。即使还是个孩子，梢子也被那种粉红色带蕾丝的衣服吸引着。而且说实话，她很讨厌那些带着别人味道的衣服。梢子曾在母亲替梓沙挑选衣物时，鼓起勇气央求母亲给自己也买一件，但母亲没有答应。

“因为你是姐姐呀，忍一忍吧。”

不只是衣服。

在新干线上、酒店房间里、家庭餐厅里、摄影棚里，还有在家里，任何时候，为了妹妹的幸福，“姐姐”都非得忍耐不可。一开始梢子感觉完全无法接受，但后来发生的一件事让她开始觉得，如果是为了妹妹的话，怎样都可以。

妹妹睡的婴儿床就摆在客厅边上一个十平方米左右的房间里，梢子很喜欢待在婴儿床旁看绘本。与其说梢子想和妹妹在一起，倒不如说只是不想待在母亲身边而已。

母亲去洗手间时，梢子就会看着妹妹，在旁边保护她。虽然妹妹此刻正睡得香甜，但不知道什么时候她就会放声大哭。梢子会一直盯着她，只要一有状况就立刻去告诉母亲。

这个小小的生物似乎自己什么也做不到，所以母亲总是只关心妹妹。梢子看着妹妹心想，比起人类，她还是更像猴子吧。就算母亲对她说：“她是你妹妹哦，你也很高兴有个妹妹对吧？”她也没什么感觉。

妹妹啪一下睁开眼睛的瞬间，立刻面容扭曲地开始大哭。梢子用力大喊：“妈妈！小梓哭了！”但母亲没有回答。

妹妹的哭声比自己的声音还大，梢子对妹妹说：“看不见我，看不见我。”然后突然把脸贴近。下一秒妹妹就停止了哭泣，伸出手摸着梢子的脸笑了。看着妹妹的笑脸，梢子第一次感觉到妹妹的可爱，突然理解了母亲想让所有人都看见这张脸的心情。

不管面对谁都不会乱哭，随时随地展露笑容是婴儿模特必备的一项特质。那些被带到陌生的地方、被一群陌生大人的镜头包围就会立刻放声大哭，得花费时间去安抚的婴儿，不管多可爱都会被敬而远之。

梓沙也不太喜欢镜头。

第一次拍摄时，被众多大人包围着的梓沙声嘶力竭地大哭，可爱的脸庞都变得扭曲。梢子还记得她当时坐在摄影棚角落的椅子上，呆呆地听着妹妹堪称毁灭性的哭声。对于母亲眼中只有妹妹这件事，梢子虽然很不开心，但从未说出口。

那个时候母亲赶紧抱起梓沙安抚，想让她停止哭泣，但梓沙依旧越哭越大声。

听到工作人员说“这样的话就完蛋了”的瞬间，梢子非常生气，我的妹妹才没有“完蛋”。梢子跳下椅子，跑到母亲身边。

“小梓，看不见我，看不见我，啪！”梢子用双手遮住脸，随着啪的一下张开双手的瞬间，就张大嘴巴扮鬼脸。梓沙瞬间停止了哭泣，一直盯着梢子看。

“看不见我，看不见我，噗！”

这一次梢子用双手紧压双颊，嘟起嘴巴，原本一脸哭相的梓沙，立刻哈哈哈地放声大笑起来。

大人们马上让梢子站在镜头后方，确保梓沙心情愉悦。原本迟迟没有进展的拍摄工作一转眼就结束了。

梢子自豪地想着“我妹妹果然很可爱”。

连母亲都做不到的事情，她却能做到，梢子心中涌出了一阵自豪感。实际上，当梓沙开始能扶着东西走路时，她既没有追着母亲也没有追着父亲，而是一直追着梢子跑。

只要梢子伸手说“把玩具给我”，不管是什么东西，梓沙都会说“给你”，然后把它递给梢子。满脸笑容地抬头看着姐姐的妹妹，下一秒就会把头埋进梢子怀中蹭来蹭去。妹妹真是可爱得毫无道理啊。

可是——

“为什么会变成现在这样？”

安抚好母亲的情绪后，梢子回到了自己的房间，低头在床边坐下。

话一出口，梢子的眼眶便滚烫起来，像是有水分在被褥上渗开。她抬起头，用手背擦了擦眼睛。

明明觉得依赖自己的妹妹那么可爱，为什么昨天还会那么冷淡地回复信息呢？

推她一把的是……

不管多么后悔，时间也无法倒流。既然如此，无论如何梢子都想知道梓沙身上到底发生了什么事。

上班第一天，紧张得肚子都痛了起来。我从小就是这样，只要去陌生的地方，就一定会肚子痛。

有人曾对我说："长大后还说自己怕生的人，都是自我意识过剩。"甚至我自己有时也这么觉得，却无能为力。我总是看着对方，要么什么都说不出来，要么滔滔不绝地说个不停，就这么沦落成一个怪人。

无论如何，我已经是个大人了。不管什么问题最后终归是能解决的，也必须去解决。但都在这里工作两周了，我的腹痛问题还是迟迟无法解决。

今天也是一大早就跑了好几趟洗手间，即便如此，肚子还是咕噜咕噜叫个不停。

走进后场员工专用的洗手间，我烦恼着自己为什么会待在这种地方——其实我一点也不想在这家店工作。

我不擅长从零开始建立起新的人际关系。小时候只要一换班级，我都会感到无比绝望。走进教室太痛苦了，所以好几次把自己关在洗手间里。但明明已经很长一段时间没有发生过这种情况了啊。

离开店时间还有半个小时，为了快点适应这里的工作，我特意提前来了。我原本想要把东西从一楼搬到店里的，但看样子恐怕今天一整天都离不开洗手间了。

真想直接回家啊。但到时间了，还是得先离开这里再去店里一趟。

不可以丢那个人的脸。

从走廊传来男人的说话声和脚步声，还有满载货物的推车发出的嘎吱声。一定是店长和副店长他们。

好吧！鼓起勇气！

鼓起干劲儿，站起来！

第二章 迎面抛来的一句话

第二天，母亲还是说不去医院。

梢子下厨，为身体不适的母亲和在医院守了一整晚的父亲做了饭团。上次站在这个厨房里是什么时候的事了呢？但话说回来，梢子其实很少做饭，至少在成年之后就基本上没有做过饭了。

因为某些原因，有段时间做饭、洗衣服和打扫卫生都是梢子包办的，所以基本上所有家务她都会做。但不知从何时起，母亲突然很不喜欢梢子做家务，不仅如此，除她之外的人开个冰箱她都会不高兴。

说实话，梢子之前一直无法理解为什么母亲会这样，但婚后久违地回到老家，突然就感觉可以理解了。对母亲来说，被人看到自己完全不收拾的厨房是件很羞耻的事情。

除了饭团，梢子还打算再煮个味噌汤。可一打开冰箱，就发现里面被塞得满满当当，拿东西都不方便。冰箱隔板黏腻脏污，就算是讲客套话也说不出“干净”这两个字。食材也很难判断是否还能吃，或许只有母亲才能分辨吧。

梢子稍微整理了一下几乎成了置物架的餐桌，把装着饭团的盘子摆了上去，走到父母的房间门口对母亲说：“我做了饭团，你如果吃得下的话就吃一点吧，我先去医院了。”

母亲没有回应，梢子朝玄关走去，穿上鞋子。

一般来说，作为母亲，这种时候会躲在房间里吗？

梢子走向公交站，为自己居然这么想产生了些许罪恶感。这世上真的有所谓的“一般”吗？

世间万物各不相同，以何为基准也应因人而异。即便如此，人类却依然会对其他人说出这个词。

靠近公车站时，明明还没到时间，公交车却已经从眼前开过去了。梢子看到时刻表旁边贴了张纸，这才发现自今日起开始实施新年假期的特别时刻表。

今天已经是 12 月 29 日了。

确认十几分钟后就会有下一辆车，梢子在长椅上坐下。天气太冷，她忍不住又站了起来，最后还是决定站着等车。

仅仅过去了一天，坐在休息室沙发上的父亲仿佛就变老了许多。梢子告诉父亲，母亲今天也来不了了。父亲并没有露出如昨天那般不耐烦的神情，只喃喃道：“这样啊。”

梢子听到了父亲漫不经心地说出的这句话，女儿的生死危机只是“这种事情”吗？

“工作比女儿还要重要吗？”梢子努力让自己尽可能冷静地开口。但父亲敏感地感觉到了什么，立刻大声说：“我可没那么说！我的意思是，如果我不去工作，怎么养活你妈妈和梓沙？！”

无意中说出心里话，令他有些尴尬。

“我又没怪你，只是问一下而已。”梢子说。父亲小声道了句歉。

“真是事事不顺。”梢子在他身边坐下，父亲深深叹了一口气说，“自从你给梓沙介绍了这个兼职以后，她就一直在工作。虽然时薪不高，但能去工作就已经比以前好很多了。她放假的时候，好像有时候还会出门转转。”

“出门？”梓沙问。父亲点点头：“对，我常听你妈妈说，休息日她也早出晚归的，根本没时间和她好好聊聊。”

父亲说，跟她闭门不出的时候相比，也算是进步惊人了。

“她出门？去哪儿？跟谁一起？”

“我也不知道，应该是和朋友或者其他什么人吧。”

梢子很难相信父亲的话，她从没听过梓沙有朋友。是的，梓沙除了学校和公司之外没有其他可见面的朋友。如果她和谁一起出门，最容易想到的还是书店的人。梓沙之所以走出家门，就是为了和梢子一起去上班。在梢子结婚到辞职之间的这段时间里，她们会一起去书店上班。梓沙或许只有在这个地方才有机会认识新朋友。

梢子告诉父亲早餐已经做好了，约定好傍晚来换班，然后决定去书店一趟。

梓沙住院后一直缺勤，值班表应该被打乱了。年底了，店里一定很忙，梢子去了应该也得不到什么好脸色。

即使如此，她还是想去道个歉，最重要的是要找到和梓沙关系比较好的人，听听对方是怎么说的。

梢子在车站附近买了点心当伴手礼，之后搭上前往购物中心的公交车。不愧是寒假，车上满是准备出去玩的一家人或孩子们，洋溢着欢快热烈的气氛。

一到节假日，人多得会让你好奇这么多人都是从哪儿冒出来的。这么看来，日本经济似乎也没有一直抱怨的那样不景气。看来书店的顾客应该也不少，收银台可能会排起长龙吧。

突然有点怀念过去那段手忙脚乱的日子了。

忙着接待顾客，没办法按自己的想法排列商品，看见商品架被弄乱更是感觉忍无可忍。但看着店里像是过年一样挤满了顾客的样子，还是会感到非常开心。

元旦的时候，店里还会推出游戏卡牌或漫画周边商品的福袋，购物中心也会提前三十分钟营业。顾客为了购买想要的店铺福袋，早在那之前就已经在门口排队了。

伴随着铃声，大门一开，“咚咚咚”的脚步声就逐渐逼近，梢子也随之鼓起干劲。不管大人还是小孩，客人们会拿起摆在结账柜台前简易长桌上的福袋，开心得脸红扑扑的。

最让人开心的莫过于看到攥着压岁钱红包的孩子们来书店买想要的书。父母们千叮万嘱“要想好怎么用，不能一次性全花了哦”，于是孩子们看着面前那么多想看的书，不由得苦恼起来。看着他们的样子，就会感觉书店的未来还是光明的。

这是一份很棒的工作，尽管梢子已经辞职了。

公交车开到了购物中心正门口，梢子有些紧张。她走进商场，搭上扶梯，朝书店所在的二楼走去。

刺眼的光线与嘈杂的音乐多少缓解了梢子的紧张。

书店的拥挤和忙碌在走进去之前就能知道，白色的地板上布满了黑色的灰尘。听起来有些难以置信，但在冬天旺季的时候，只要几个小时没有拖地，就会变成这样。

也许是因为顾客太多，担心拖地的话会打扰客人，或许只是因为人手不够。实际上，柜台前大排长龙，根本没有人注意到梢子。

梢子决定先在店里逛逛，看情况再决定找谁聊。虽然不是来玩的，但一走进书店就会无条件地感到开心。离开书店半年了，她还是第一次以顾客的身份来店里。

但是，逛了一圈后梢子感觉到，这里变成一家相当“普通”的书店了。

以前店里也会像这样到处摆满商品，畅销书和相关商品自不必说，销量并不算突出的商品也会贴上标语“还有此类商品哦！”进行大力推荐，这样的商品架和展示台到处都是。

但现在呢，说不上好也说不上坏，就是普通。

确实，梢子明白把畅销书摆在一个好位置是衡量一家好书店的条件之一；梢子也明白，想要随时在书店买到想要的书有多难。

可梢子认为“我们书店”应该不止于此。

刚到东京生活时，她和丈夫去逛过许多书店。当然有许多很棒的店，不管是藏书量还是新书数量，绝对都是其他地方的店家比不上的。但即使如此，梢子依然觉得“我们书店”比任何一家书店都有魅力。

这并不只是梢子个人的好恶，实际上，“我们书店”的营业额比市中心的分店还高。

几年前书店改装时，有其他分店的人过来帮忙。有的人说：“这本书你们也摆在陈列架上了呀，我们也试试看好了。”又或是夸奖道：“你们店文库本负责人摆放新作品的速度比正式员工还要快哎。”

尽管不是在夸奖自己，但“我们书店”的人被夸奖了也是值得高兴的事情。梢子感到很自豪。

是发生什么事情了吗？半年的时间看似短暂实则漫长，可能会发生许多事情。

梢子工作时养成了个习惯，喜欢边思考边把弄乱的商品归位。

“咦？高见小姐？”

结婚后，再也没人这么喊过自己了，梢子赶紧抬起头来。是以前的同事永井香苗。

“果然是高见小姐！啊，你现在改夫姓了，是志田对吧？”

看见香苗的笑容，梢子松了一口气。

“嗯，是的……我妹妹给店里添了这么多麻烦，真是对不起。我带了一点小点心来……你今天休假吗？”

梢子发现香苗没有穿着店里的围裙。

香苗把脸凑近，小声说：“不是的，我正在巡逻。”

“……巡逻？”梢子也压低声音反问道。

“对呀，最近集换式卡牌老是被偷，所以我们每十五分钟就安排一位店员装作顾客到处巡逻。真是太麻烦了，根本都没办法好好工作了，而且到现在也还没抓到小偷。”

香苗边说边看向柜台，副店长正看着这边。

“我还有一个小时就下班了，你要是有时间的话要不要一起喝个茶或吃个饭？关于梓沙的事情……我有些事想跟你说。”香苗迅速说完，等待着梢子的回答。对于梢子而言，这简直是求之不得。香苗是不是知道些什么呢？

“好呀，正好我也有事情想问一下你。我会等你的，你下班之后联系我吧。”

香苗说着“我知道了”，再次混入顾客当中。

梢子把带来的点心交给了来兼职的大学生，拜托他放在后台。原本想去找店长和副店长打个招呼，但看到他们不是在回复顾客的咨询就是站在柜台里面，梢子担心会打扰到他们，就放弃了这个念头。

大家去旅行或是回老家省亲带礼物回来的时候，都会放在传真机旁的台子上。等到休息或是下班的时候，能有甜点可以吃的话就会很开心，这一点肯定现在也还没有变。

香苗的消息：“我下班啦，先从员工出口出来。你在哪儿？”

梢子正在一楼的杂货店里打发时间，告诉了她具体位置。香苗回复：“了解！我马上过去！”

如她所说，五分钟左右香苗就出现了。她一边挥手一边说“久等啦”的样子，让人感到纯粹的开心。

“突然约你出来，真是不好意思。仔细想想，可能你还有别的事呢。”

“没事呀，我正好想和店里的人聊聊。我才要说对不起呢，你一定累了吧？今天很忙吗？”

“现在是年底嘛，肯定会很忙，但今天开始放假，书也停止配送了，经销商不送货来的话，会稍微轻松一点。虽然昨天寄来的东西还堆在后台，但那不是新出版的书，所以店长说可以慢慢来，让我们优先接待顾客。”

“原来如此，要停止配送了啊。总之，上班辛苦啦。”梢子安慰香苗，香苗自己也笑着说：“对了，谢谢你带来的礼物！我正好想补充糖分，超开心！今天遇到好多顾客来问问题，出版社也放假了，库存感觉不太够用呀。但这些全都要过完年才有办法解决，真是剪不断理还乱啊！”

香苗说的这些都让梢子好生怀念。

梢子知道大家很辛苦。如果她还在的话，一定也会跟着一起抱怨“好想放假”“好想出去玩”或者“为什么出版社要放假啊”之类的话。

但她已经远离这一切了，这时反倒觉得，连这份忙碌看着也让人乐在其中。

“啊，高见小姐，哦不对，是志田小姐，你先生在出版社工作吗？他跟你一起回来了吗？”

“没有，我先生留在东京。我接到梓沙的消息时，他还在上班呢。”

香苗连忙道歉：“总觉得很怀念，所以就自顾自说个没完。志田小姐你现在也很辛苦吧，我都没有好好想想你为什么回来就说这种傻话，真的很对不起。”

梢子觉得香苗是个很直爽的人，只要觉得是自己的错就会立刻道歉。虽然这是连小孩子都懂的事情，但其实大人们很少能做到这点。

“不用道歉呀，医生说暂时没有生命危险……只不过，我真的很想知道梓沙为什么会从那栋大楼上摔下来，我想知道到底发生了什么事。”

香苗用力地点了点头。

“你有时间吗？要不要边吃边聊？就在车站那边？”梢子一问，香苗立刻回答道：“车站那边感觉人很多，要不然我们就在这边吃吧。”

梢子“欸”了一声，反问道：“书店的人好像也会去二楼的美食街吃饭，可能不方便说话，要不去一楼的餐厅吧？”

正如香苗所说，一楼的餐厅区虽然也颇为拥挤，但不像车站那边要等那么久，而且书店员工们一般不会在下班或休息时到这里吃饭。要是想利用工作的间隙去吃饭，基本上都会选择简单便捷的快餐，下班后肯定只想早点回家，过去的梢子就是如此。

走进一家意大利餐厅，她们各自点了份意大利面套餐。和香苗面对面坐下，梢子这才发现，这好像是第一次和她单独吃饭。她们之间的关系不算差，但私底下也没什么往来。

“你今天有和大家聊聊吗？这半年店里也多了不少不认识的店员吧？”香苗先开口了。

“大家看起来都很忙，所以我就没去打扰他们。确实多了不少生面孔，有种平均年龄下降了不少的感觉。”

“对对对，就是说啊。老实说我都有点不太自在了。聚餐的时候，老员工们都跟新人完全分开坐哦。但美里就很厉害，和新人们关系也很好，有种把双方联系到一起的感觉。”

“嗯，可以想象得到，新人们应该也很信任她吧。”

“是呀。”

香苗经常直接夸奖别人，非常擅长发现别人的优点，而且不掺杂丝毫嫉妒。她这样夸奖美里，反而让梢子觉得，对新人们而言，香苗应该也很好相处，只不过她自己没有发现而已。

“只不过美里的上班时间比较短，光是每天的工作都让她忙得手忙脚乱的，好像有时候忙到回家还要继续写订购单。她本来就很苗条，现在更瘦了，真是让人担心……要是她是全职就好了，说不定也能多关照关照梓沙……”

从香苗口中听到妹妹的名字时，她吓了一跳。

“梓沙她怎么样？有好好工作吗？”梢子一问，香苗一瞬间欲言又止。梢子请她不要有所顾虑，告诉自己实情。

“我觉得梓沙已经很努力了，虽然不擅长社交，但一直都满脸笑容，和店里的人也都还算融洽。只不过她只要一慌张就会忘记把商品递给顾客，或是忘记把信用卡还给客人，经常出现一些差错，这种时候她就会情绪低落，甚至还会说‘没有我可能对店里更好吧’之类的话……虽然我有否定过她这种想法，跟她说‘才没有那回事’，但是……”说到这里，香苗又沉默了，梢子很清楚她一定还有别的事情想说。

“其他的还有什么问题吗？”梢子如此问道。

刚好这时店员送来了她们点的意大利面，等到店员介绍完餐点离开之后，梢子又再问了一次。

“还有其他的什么不太顺利的事情吗？”

香苗用“那什么”作为开头，继续说道：“我听店长说，梓沙是意外从大楼楼顶摔下来的，那真的是意外吗？有没有可能是……自杀？”

从她口中听到“自杀”这个词，梢子感觉心里一紧。

看吧，她果然有烦恼，但我却没有听她倾诉。

“年终聚会那天，我因为晚班参加不了。但梓沙出事之后，其他人立刻就发短信给我，说警察找他们问话了。他们告诉警方，梓沙在店里没发生过什么矛盾。”

香苗迟迟没说到重点，梢子稍微有些焦躁，点点头催促香苗继续说。

“如果警察来问我的话，我会说她曾经是有一些烦恼的，但我不敢主动去找警察说这些，我有点害怕。”

两个人都没有碰意大利面的意思，任凭它在面前冒着热气。

“我看到过梓沙和英子吵架。”

突然听到井口英子的名字，梢子吓了一跳。

她有些害怕和英子碰面，所以故意选了她休假的日子来，还特意跟美里确认了一遍。

“……发生什么事了吗？”

“志田小姐，你之前跟英子关系很好对吧？你可千万别说是我说的哦。”

香苗如此叮嘱道，梢子“嗯”了一声，点了点头。

“我辞职之前，我们俩私下也很少联系，结婚后基本上就断了联系了，所以你不用担心啦。”

别说谎了。私底下没联系？明明在店里也完全不说话了吧，连工作上的事都是让别人带话。

连香苗都没注意到这一点，也说明梢子隐瞒得很好吧。

“……你这个人，真的很没用啊。”

从香苗口中突然冒出这么一句伤人的话，梢子的心脏似乎都漏跳了一拍。

“英子就是这么对梓沙说的，我听着就像是在说我自己一样，心里好难受啊。”

香苗说着，眼里浮现出隐隐泪光，白皙的脸颊有些发红。她吸吸鼻子，连鼻尖也红了。

“你辞职后不久，梓沙就被安排去负责顾客订单的业务。她来店里之后，一直到比较熟练为止都是在柜台帮忙，或者是做点其他的杂活，但负责顾客下单的一个员工突然辞职了，所以才会让当时没有具体负责业务的梓沙顶上去。”

泪水从香苗的脸颊滑过，梢子递过手帕，但她说自己有带，从自己的包包中拿出了手帕。

负责顾客订单的人的主要工作，就是在顾客订了店里缺货的商品时，帮忙调货，并且在来货后打电话通知顾客。梢子完全不知道梓沙是负责这项工作的。

“当着你的面哭真是不好意思。这半年来陆陆续续有人辞职，所以店里一团乱麻，慢慢的人手就不够了。要打电话通知顾客到货的时候，一般都是用柜台旁边的电话嘛，那些正式员工就老是说，如果结账的顾客很多的时候，梓沙要一边帮忙结账一边打电话。”

梢子回想半年前自己每天工作的店。只有两台收款机的结账柜台不知何时就会排起长龙，她总是一边侧眼看着这一幕，一边工作。

“但梓沙好像不太明白什么时候该去帮忙结账。她人太好了，看到有顾客等着结账，而她只是站在那里打电话，就觉得很不忍心。所以比起通知顾客到货，她帮忙结账的时候反而更多。”

对于香苗夸梓沙人好这件事，梢子由衷地感激她。

梓沙不擅长随机应变，从小就是如此，她没办法同时做两件事。正因如此，梓沙才会活得这么痛苦。

就算不负责顾客订单，梓沙肯定也吃了不少苦头，梢子也曾有过同样的经历。

想要专心补货上架时有人跑来问问题，写订购单时发现有小孩迷路，检查补货质量还要接电话，一边站在柜台结账一边还要折图书礼品卡的包装纸。工作怎么也做不完。

“但到货通知不是当天就要通知完吗？就算是顾客没接到电话，起码也要留下通话记录。听说那时候梓沙怎么都打不完电话，就去找正式员工商量，之后就先由副店长代替梓沙联系顾客了。”

梢子“嗯”了一声以示附和。

“然后副店长又把工作分配给了下午班的同事，因为英子很能干，总是很快就做完了，所以经常交给她去做。”

梢子不自觉地叹了口气。

“但说实话，英子自己的工作已经很忙了，原本和她搭档的文库本负责人辞职之后，虽然招了新的兼职，但没多久就都辞职了。文库本的工作现在全都是由她一个人负责的，但在那些正式员工眼里，看着英子工作都能完成得很好，就总觉得她还游刃有余，但其实她已经满负荷工作了，根本没办法再帮别人干活了。”

香苗刚说完，又突然变了脸色。

“对不起！我不是在怪梓沙！”

“嗯，我知道，没关系的。”梢子点了点头。

“我觉得英子应该也到极限了。大约一个月前吧，我记得那天放假，所以人很多，大家都到柜台帮忙结账。光自己的工作都忙不完了，所以梓沙也没时间打电话通知客人到货了，而且还要巡逻，看有没有人偷东西，真的是忙得不可开交。”

香苗的声音有些颤抖。

“梓沙原本想要加班把工作做完，不想总给别人添麻烦。但她还是每周上四天班的合同工……因为她没有社保，店长说不能让她加班。”

香苗眉头紧蹙，抱怨道：“既然如此，早点增加她的上班天数不就好了吗？”

“是总公司的人说要节省人工成本吧。”

“真的很想问他们把一线工作现场当成什么了，接下来又要搞什么！总公司的人就算来现场也完全帮不上忙啊！光说不做真的很讨厌！”

香苗现在的不耐烦也是梢子过去曾感受过的。不对，一线现在的状况应该比当时更辛苦。

“结果梓沙的工作就被分配到了英子头上，大概就是因为这样，所以她才忍不住爆发了。”

“然后就对梓沙说了‘你真的很没用’吗？”

香苗点点头。

“在更衣室准备回家的时候，英子突然走进来，说了这句话之后就回店里了……老实说，她们俩的心情我都能理解，自己忙不过来的时候还要去帮别人干活，我肯定也会觉得不可理喻。但我自己也不擅长随机应变，要是让我去负责顾客订单的话，我觉得我也做不到。”

梢子“嗯”了一声，点点头。

“现在想想，要是当时能多安慰安慰梓沙就好了。但我也要看英子还有其他老店员的脸色，怕自己也那么尴尬，所以拼命撇开关系。”

“对不起。”香苗低头说道。

“梓沙肯定是被逼到走投无路了，我明明就在那里，却什么也没能对她说，都是我的错。”

“不是这样的，这不是你的错，谢谢你跟我说这些。”

或许香苗无法相信，但梢子真的完全没有任何想责怪她的意思。每个人都曾有过为了守护自己的容身之处而无法采取行动的时候。即便曾是正式员工的梢子，也常常不敢向上级提出意见。就算觉得自己没有错，但这和能否开口又是两码事。

而且，英子说的那句话，梢子也曾肯定过。

厌恶感从胃部涌上，梢子又用力地把它咽下去。事到如今，连道歉都做不到，只能自己永远怀抱着这份错误活下去了。

但此时，梢子突然冒出了一个疑问。

梓沙真的会仅仅因为这个就选择自杀吗？

从至今为止的经验来看，梓沙只要在人际关系上遇到挫折，就会立刻请假不上班或者干脆辞职。她之前也辞过很多兼职，而她每次辞职，梢子都会鼓励她说："下个工作肯定没问题的。"

"是因为我不在家了吗？"梢子立刻想到了这点。

如果梓沙突然不去上班，母亲肯定会责备她。之前还有自己充当缓冲区，但现在梓沙只能和母亲正面起冲突了。

所以，梓沙是无处可逃了吗？

梢子决定要结婚时，并非没想过这些事。但她决定不去多想，甚至试图让自己相信，梓沙可以融入书店，变成"普通"的人。

桌上的意大利面完全冷透了，梢子挤出笑容，对香苗说："快吃吧。"

"工作总会遇到很多事情，我打心底尊敬没有被打倒、继续工作的大家。"

香苗摇摇头："我只是害怕改变而已。就算在工作中遇到讨厌的事，也没勇气辞职。谁能保证换个地方会比现在这个更好呢。即使依旧对现在不满，也依旧不知该如何解决……我以前总是觉得，长大以后什么都能做好呢。"

"嗯，我以前也是这么想的哦。"

梢子从一旁的托盘中拿出叉子和汤匙递给香苗。

"谢谢你跟我说这些，我们快吃吧。"

香苗擦掉再次溢出的眼泪，接过了餐具。

意大利面冷掉了，变得有些硬邦邦的，口味也很重，这让梢子莫名感到口渴。西红柿的酸味缠绕在舌头上，梢子想靠喝水冲淡这股味道。

如果梓沙很想辞掉书店的工作，但因为害怕母亲说不出口，那她找自己是想商量些什么呢？是想要一起说服母亲吗？梢子不认为梓沙会这样想。迄今为止，母亲有改变过自己的想法吗？

梢子突然想起一些往事。

曾经有段时间，梢子和梓沙分别居住在东京和老家。

“……志田小姐？你还好吗？”

听见香苗喊她，梢子才发现自己一直在盯着卷在叉子上的意大利面看。

“对不起，我发了会儿呆。”

梢子笑着将意大利面送入口中。肚子明明很饿，却怎么也咽不下去，香苗似乎也和她一样，两个人花了很久才吃完。

她们一起搭上前往车站的公交车，并排坐在最后一排。

车里充斥着热闹明快的声音，年轻人们应该是和朋友一起出来玩了一天，准备回家了。梢子心中涌上一股似怀念又似憧憬的复杂情绪。

梢子十几岁时，应该还没有这家购物中心吧？应该是在她大二时开业的。在那之前，这附近都没有大型商场。初高中的时候，要买衣服或乱七八糟的东西，都得去车站大楼里面的店买，但现在那些店都已经关门了。

梢子几乎没有和朋友一起逛街、一起在快餐店里边吃东西边聊天的记忆。特别是上高中后，那个时候，母亲和妹妹都不住在家里，她一放学就要立刻回家做家务。

下公交车后，梢子和香苗都自然而然地朝车站检票口走去。她们前面的一群人好像接下来要去参加公司年终聚会，正互相抱怨着对工作的不满。

一位女性说："今天要大喝一场哦！"旁边看上去像是前辈的男性提醒她"可别喝过头啊"。梢子心想，真是令人怀念。

书店的聚会基本上一年只有一次，就是在年末的时候，一般是在车站附近那家居酒屋，同事们都比平常更加活泼。结束后，大家会一起走到车站，各自搭上电车、公交车或出租车回家。

那个时候总是嘴上说着"真是期待"，心里却多多少少觉得有些麻烦。

有谁会参加，又有谁会缺席呢？

如果那个人来的话，那我也去吧。

那我也去。

隐约听见这样的对话，梢子心想，人的这个特点真是无论多大都不会变——把人分成感情好的人和感情不好的人、合得来的人和合不来的人。

不想让自己格格不入，只能拼命确保能参与到话题中，空气中飘荡着这样的氛围。

如果刚好排到了晚班或全日班就会来不及参加，因此有些人可能会不来。但如果有人问，“不用参加聚会是不是很开心啊？”又很难直说“确实如此”。

自己要是不在，还不知道别人会怎么说自己呢。

之所以会这样想，是因为自己参加聚会的时候，曾经遇见过好多次把没来的人当话题聊的情况。那些平常沉默寡言的男员工们，喝了酒之后话就变多了。在居酒屋这样脱离了日常环境的空间中，而非在书店里，就变得大胆了吧。

×××有男朋友吗？

她现在多少岁了啊？

也不能一辈子都住在老家啊。

哎呀，反正女生最后去结婚就好了嘛。

可不能永远都待在这里哦。

保护单身女性不受那些男性职员轻佻的言语伤害的，大多是已婚女性。

没那回事哦，××× 是很能干的人，要是因为着急，跟奇怪的男人结了婚，那才糟糕呢。

自己连反驳一句“多管闲事”或是“真没礼貌”都做不到。

梢子内心深处也曾想过，每天在家和书店之间两点一线的日子还能持续多久，真的要一直这么过下去吗？

在书店里工作常有一种抢季节、赶时间的感觉，一边摆放商品展的展品，一边还要构思下一季的企划。在对未来的计划中，一转眼一年就过去了。

当购物中心开始播放圣诞歌曲，给亲近的出版社营业员写过年贺卡时，才惊讶地发现自己又老了一岁。

在这期间，又送别了好几个因为结婚或怀孕而辞职的人。梢子还知道，书店里甚至有传闻说，只要负责童书就会结婚或是怀孕。

才没这种事呢。

只是刚好接连几个因为结婚或怀孕而辞职的人都是负责童书的而已。她们居然说这种像小孩子一样的话，真是单纯得令人莞尔。那么直接地说“真羡慕啊，我也想要负责童书”

也让人颇觉无奈。她们才刚满二十岁，太过年轻，才能如此率真地说出对结婚的憧憬。

自己也曾有过和她们一样的青春岁月，但将要三十岁的梢子并不像她们那样率真。

在还没有和英子关系变僵的时候，她们都对彼此说过“如果我要结婚，一定要找一个愿意让我继续到店里上班的对象”。她们都全力以赴地工作至今，怎么也不愿意轻易地抛下这一切。

但最终梢子还是选择了与住在东京的男友结婚，辞掉了工作。梢子当时想，英子肯定会觉得梢子背叛了她吧。为此梢子无比踌躇，怎么也没法开口，最后错失了时机。

走到检票口前，香苗停下脚步说：“我坐电车去了。”大概是因为放年假了，车站里的人并不多。

“今天真是谢谢你了。”梢子道谢。香苗摇摇头，她的眼睛还红红的，惹人怜爱。

“我也会一起祈祷梓沙早日恢复意识的。”

“谢谢，到时候我会马上通知你的。”

“嗯，我等你……如果你之后还有空来这边，再来店里露个脸吧，我等着你。”

梢子点点头。

香苗进了车站，几次回头向梢子挥手，直到身影消失在楼梯口。

梢子走到公车站前，脑海中突然冒出了一个想法。她直接穿过公交车站，打算去每年办年终聚会的居酒屋，也就是梓沙摔下来的那栋大楼看看。

跟香苗聊完之后，梢子一直在思考。梓沙在书店里很不自在，这点毋庸置疑，但有一点梢子始终无法理解。

如果感觉很不自在，那她为什么还要去参加聚会，还是去了那间居酒屋呢？

如果是怕自己不在场的时候被别人说闲话——这种恐惧梢子也一清二楚，但忍受和不喜欢自己的人同处一个空间对梓沙来说也是一种痛苦。是有什么理由让她非出席不可吗？

梓沙应该是想要和大家打好关系才去的年终聚会。可这样的话，她又为什么从大楼屋顶跳下来呢？

那天到底发生了什么事情？

她避开那些喝醉了酒，挡在路上肆意吵闹的上班族，走在车站前的马路上。大衣口袋中的手不知何时已经用力攥起了拳头，指甲深深嵌入手心。

走在可能会碰到熟人的路上，不知为何有些紧张。梢子在东京时几乎没和丈夫之外的人说过话，这几天却一直在跟别人交谈，她感觉脑袋里乱糟糟的。她非常理解妹妹不想出门的心情，只要出去和别人产生联系，就会不由分说地被强迫接受“理应如此”的价值观。当自己不符合这一价值观时，就会深感自卑。

推她一把的是……

虽说如此，但“一般”大家都会走出家门，去寻找融入社会、伪装、做好表面功夫的方法。梢子也是这样过来的。

不过，结婚后到东京生活了半年，直到现在她也没交到朋友。

她只有要去超市购物时才会一个人出门，和别人的对话只有在超市结账时对店员说“我有会员卡”或对送货的快递员道谢。刚结婚时她曾问丈夫“我是不是出去工作比较好”，但丈夫表示不用勉强自己。

“如果想工作的话就去工作好了，不想工作也没关系。如果我赚的钱不够养家糊口的话，到时候就要靠你啦。”

梢子接受了丈夫的好意，想着多在家里待一段时间，这才知道原来家庭主妇与社会的联系是如此淡薄。如果有孩子的话可能情况又不一样了吧，或许会有更烦人的一面，反过来说，也一定会有让人更加安心的一面。

梢子知道，要想与社会产生联系，就只能去工作，但或许是觉得工作要肩负的责任太重了，她迟迟没有采取行动。她又想，去学点东西也好，就试着上网搜了一下，但好像也找不到什么事情是不需与外人接触也想做的。梢子突然发现自己很矛盾：自己到底是想与人接触，还是不想与人接触呢？

梢子心里很清楚，人际关系有好的一面也有坏的一面，一直以来不都是这样吗？但她还是怎么也无法踏出第一步——因为害怕，害怕与他人建立关系，害怕伤人，也害怕受伤。

终于，情况出现了改变，梢子去面试了超市的兼职。虽然最后没有被录取，但这毫无疑问是往前迈出了一大步。

哎，对自己也太宽容了吧。

……啰唆。

明明对别人那么严厉，以后对别人好点不行吗？

“知道了。”梢子对那个责备自己的声音如此回答道。

靠近居酒屋所在的大楼，热闹的音乐与欢笑声传入耳中，梢子眼前浮现出人们轻松自在、悠然快活的样子。不过，肯定也有人想要立刻起身回家吧。

梢子抬头看着这栋三层的建筑。

外墙已经相当古旧了，说好听点就是颇有历史感。在廉价连锁店不断扩张的浪潮中还能存活下来，大概是因为对常客们十分看重吧。梢子转头看向居酒屋旁的停车场，铁丝网围栏的一部分已经倾斜，挡住了一辆车左右的停车空间。梢子察觉，这边大概就是梓沙跌落的地方。

她再次抬头看向屋顶。

视线有些模糊，感觉似乎有人站在屋顶，梢子眨眨眼，又看到那边空无一人。

如果妹妹真的是跳楼，难道她打算对所有人都保持沉默，就这么死去吗？怨恨、埋怨、烦恼……什么也不留？

难道不是因为绝望吗？被亲姐姐抛弃的绝望。

背脊蹿过一阵恶寒，一股宛如从地面攀附而上的寒意，从脚底一路蹿到头顶，束缚住她的身体，让她无法动弹。

妹妹一直是孤单一人，不是吗？

心脏似乎被猛地一把握住。不管再怎么样，梢子至少还有丈夫在身边。她明白，就算无法凭借自己的力量站起来，但如果是为了别的重要的人，也能使之成为可能。

梓沙身边，真的空无一人吗？

如此一想，梢子突然想起父亲曾说过的话。

“她放假的时候，好像有时候还会出门转转。”

去哪儿？和谁？

她并不是孤单一人。这或许只是梢子的一厢情愿，或许根本没有“某人”存在。但梢子想要相信，梓沙身边也有“某人”。

去找吧，找出那个“某人”。

到头来，你最疼爱的还是你自己嘛。

梢子选择无视这个声音，迈开脚步，用力踩踏在坚硬的水泥地上，走回了公交车站。

后悔也无济于事了。一味地哀叹过去，只是不想往前走的借口而已。

动起来。

动起来。

动起来。

总之，往前走。

就算无法永远保持洁白，也还是非得往前走不可。

不管任何人来说什么，梢子都想要知道——

想知道梓沙身上到底发生了什么事情。

想知道。只有这一点真实无疑。

“姐姐！等等我！”身后传来了一个小女孩的声音，梢子吓得立刻转过头。一个小学中年级左右的女孩从她身边跑过，走在前面的一个少女抱怨说“你也太慢了”，然后牵起了女孩的手。

梓沙以前也是这样依赖着梢子。这一点确实维持住了梢子的自尊。这样的时光，是真实存在过的。

回到家，客厅里不见母亲的身影。梢子察觉到母亲应该在卧室，却没有喊她。虽然知道母亲很希望有人担心她，但梢子就是不想这么做。

自己是因为关心女儿的情况才身体不适的，母亲希望有人能担心这样的自己，希望有人替她去除这些不安。母亲就是这么想的。

说到底，母亲最爱的还是她自己。梢子不由得苦笑，因为她自己或许也是如此。她感觉到，自己其实和母亲一模一样，对此她感到了深深的恐惧。

梢子回房放下东西，悄悄打开梓沙房间的门，与半年前的印象截然不同，东西少了许多。要说的话，倒是跟梢子的房间很像，算不上空无一物，但几乎没有生活感。

打开房里的衣柜，架子上只挂着几件白衬衫，肯定是要穿去书店上班的衣服……衣服少得可怜，衣柜空得好像是为了旅行把所有衣服都塞到行李箱之后的样子。

梓沙该不会是有了家里之外的别的容身之处了吧。

梢子开始有些相信这个想法了。她环视房间，想找出其他的线索，紧接着目光落到了书桌上。这张小学时买来的书桌就这样静静地安置在房间的角落里。

她把手放在最上层的抽屉上，抽屉上锁了，纹丝不动。

第二层和以下的抽屉可以轻松打开，里面却空无一物。

第一层抽屉里大概藏着些什么，可是强行打开的话，之后可能会被梓沙发现。梢子暂时放弃了这个打算，看向墙边的收纳柜。梓沙喜欢的奇幻类电影DVD中，夹着一张陌生的光碟。

轻轻抽出来一看，是坂本卓也在2019年导演的作品《激昂》。

这是一部独立电影，梢子也认识这位导演。是在梓沙的童星时代，参加地方上的活动时认识的，就职于影像制作公司。听说他平常不止拍电影，也会拍一些广告片。当时的坂本还只是个大学生。

梢子从未对任何人提过，其实她曾经偷偷喜欢过坂本。可是这份记忆与过往灰暗的回忆紧密相连，如果可以的话，梢子并不愿意回想起这些。

这部电影是今年拍摄的。究竟是梓沙和他见面并从他手中收到的这个，还是从什么地方买来的呢？

梢子回到自己房间，在手机小小的屏幕中输入坂本的名字和作品名称。网页上出现的第一条搜索结果是坂本的推特。梢子按捺着雀跃的心情，做了个深呼吸。

推文主要是他自己参加的各种活动的内容，更新频率并不高，因此立刻就可以知道他一个月前举办了新电影的上映会，并在会上发售了DVD，还计划在网络渠道销售，但目前并没有宣布购买渠道。

梢子背靠床边坐着，感觉旧伤似乎阵阵作痛。明明平常都装作没察觉的，但伤口总会因为意外而突然裂开。

为什么我的长相和梓沙相差这么大呢？

这是件如何苦思冥想也无济于事的事情，但总会在某个意外的瞬间，突然涌上心头。

如果梓沙和我的长相对调呢？

手机画面突然消失，屏幕转暗，映照出一张毫无生气的脸蛋。看着这副过于阴沉的表情，梢子不禁一阵苦笑。但这就是真正的自己，似乎只要稍一放松，就会被不安、焦躁与孤独吞噬，再也无法重新站起来。

“必须得努力啊，”梢子喃喃自语道，然后又问自己，“努力什么呢？”

不是一直以来都很努力吗？不是一直拼命想要成为自己以外的人吗？即使如此，还是觉得不够。不管什么都行，必须得行动起来。如果不这样做，就会脚底生根，再也动弹不得。

按下手机上冰冷的按键，显示出坂本卓也的推特页面。头像是坂本自己的照片，像是某次拍摄中的花絮。他没看镜头，笑容几乎和以前一模一样，唯一的改变可能就是长出了胡须吧。

梢子不知道他的联系方法。百般烦恼之后，决定给他在个人简介上标注的邮件信箱发一封电子邮件。

标题：好久不见，我是高见梢子。

突然来信，还请见谅。我是高见梓沙的姐姐。久疏问候，不知道您最近还好吗？

其实梓沙现在受伤了，正在住院。

我想了解一下有没有人知道梓沙最近的情况，偶然想起了坂本先生，所以冒昧前来联系。如果您最近有和梓沙见面，不管什么小事都好，可以告诉我当时的情况吗？在年底万事忙碌之际冒昧打扰，真的很不好意思。

梢子在结尾写上手机号码与电子信箱地址，按下发送键。明明就是单调的官样文章[①]，但梢子却像是在写情书一样，随之而来的兴奋与害羞让梢子甚至想要大声尖叫。

梢子钻进被窝，把脸埋进枕头里，拼命地忍耐着。我已经不是当时的我了，没事的，没事的。

她等待着大脑如退潮般慢慢平静，但脑内的喧嚣却迟迟无法平息，反而唤醒了当时的记忆——海潮的气味。

① 旧时官场中有固定格式和套语的例行公文；比喻光注意形式，没有实际内容的空话，或照例敷衍的虚文滥调。

海风粗粝的触感，闪耀刺眼的阳光，一望无际的蔚蓝大海，以及被晚霞染红的天空。坂本宽厚的手掌拉她起身，手指纤细又漂亮。

那个时候，是梢子生平第一次想要变成梓沙。

她在嫉妒妹妹。

天使般可爱的婴儿，奇迹般毫无变化地长大成人。

白皙到几近透明的肌肤，浅褐色玻璃般明亮的双眼，随风飘逸的秀发，绝不艳丽却令人见之难忘的笑容。

尽管时时刻刻吸引着众人的眼光，妹妹却非常怕生，总是躲藏在梢子身后。

“我要和姐姐在一起。”

哪怕上了小学六年级，妹妹仍然依赖着梢子。

当时，梓沙是当地经纪公司旗下的艺人，只要她参加当地电视广告或平面广告的拍摄时，就一定要梢子陪同，母亲也视此为理所当然。

如果梢子要陪妹妹参加拍摄工作，就会忙得没时间和朋友一起出去玩；而且母亲对梢子的课业要求非常严格，这也让她更为忙碌。

即使如此，只要一到工作现场，工作人员就会夸奖说：

“你真是个好姐姐。”虽然这种感觉还不错，但也让梢子觉得，妹妹似乎离了自己就什么也做不到。

与坂本卓也相识时，他还是个正在学电影的大学生。坂本通过共同认识的朋友，邀请梓沙参与他独立制作的电影演出。他说他看了电视广告，非常希望梓沙能参演。在此之前，梓沙虽然有当平面模特及参演电视广告等短片的经验，但从未真正接触过表演。梓沙坚称自己做不到，可母亲干劲满满，或许是希望以此为契机，扩大业务范围，母亲无法停止自己不断膨胀的欲望。

“如果姐姐陪我去的话，我就答应。”

梓沙提出了这个条件。

拍摄是在暑假期间进行的。当时的记忆随着明亮的阳光、土壤的气味及海潮的味道一同在记忆中鲜明起来。但回忆的耀眼光景背后，是梢子已沉入谷底的心绪。

一开始，只要梢子没陪在旁边，梓沙就会非常紧张。但在拍摄工作进行了一个星期左右后，她也开始和坂本还有其他同事熟稔起来。和平常工作时不同，可能是大家年龄相仿，总之相处得还不错。梢子逐渐能看见梓沙在休息时和大家谈笑的身影。

但看到这一幕的梢子不知为何心里五味杂陈——毋庸置疑，妹妹能够自立当然是件好事，可梢子也不明白自己为什么会如此消沉。

答案正是坂本。无论好或坏，都是因为坂本。

那天在海边拍外景，让梢子有了点外出旅行的感觉，心里不禁有些开心。比起陪伴妹妹，当时的梢子更期待可以见到坂本。

只要对他说“早安”，坂本就会对她们回以笑容。他身材修长，只是穿着牛仔裤和 T 恤就很有气质。虽然他在有些地方也冒冒失失的，但一直相当努力。

对于梢子而言，这就是她的初恋。

而那个瞬间，在拍摄结束后突然降临。

工作人员在收拾器材，等梓沙换衣服时，天空和海面都染上了夕阳的红霞，这代表着他们遇上了俗称的“魔幻时刻”。

“真漂亮啊，拍下来当空镜吧。”坂本对拿摄影机的工作人员如此说道，随后便灵活地爬上海堤。梢子视线紧紧跟随着他，心想，他腿真长啊。

就在这时，坂本突然转过头来和她对视。被他一脸认真地一直盯着看，梢子几乎要窒息了。

“梢子，快过来。”他伸出了右手。

梢子至今也无法忘怀牵起他的手时的兴奋感，简直像一对恋人一样。那时梢子在上初三，还是第一次碰触异性的手。

坂本轻松将梢子拉上堤坝，对她说：“真漂亮啊。”

梢子勉强回应了句："是啊。"这对她来说已经竭尽全力。虽然手已经放开，但现在两人的距离可以说是近在咫尺。尽管如此，梢子还是不敢看向身边的这个人，任凭他的体温不断从左侧传来。

"梢子。"坂本喊了一声，梢子抬起头。他看上去真是个成熟的大人，想要和他四目相对的话，就得将头仰得老高。

"从下次拍摄开始，你可以不用来了哦。"

梢子的笑容凝固在了脸上，但坂本似乎没有发现，继续说道："只要作为姐姐的你在现场，梓沙就老是分心。她现在好像已经和我们熟悉起来了。梢子你平常应该也很忙吧，所以以后不来也是可以的哦。"

我已经不被需要了，大家想要的只有妹妹。

坂本似乎没有发现这些话有多么残酷。但梢子明白了，自己只是妹妹的附赠品，总有一天，没有人会再需要她。

宛如小腹被痛殴了一顿般的痛楚让她只能小声回了一句，她记得自己回的是"这样我就能专心备考了，真是帮大忙了"之类的话。坂本相信了她说的话，笑着说："这样啊，那太好了。"

其实梢子早已隐约察觉到了。妹妹得到的夸奖越多，梢子就越感觉自己卑微到了尘埃里，仿佛在一直被否定，"你怎么就不能像她那样”。

连母亲都不肯认同梢子，更别说其他人了。无论妹妹多需要梢子，都无法保证妹妹会永远需要她。总有一天，这份需要会迎来终结。

我要成为我自己。

梢子唯一知道的方法就是努力读书。讽刺的是，这也是母亲唯一赋予她的方法。在做题时，她可以全心全意扑在解题上，忘记心里的那份疼痛。

梢子没有去参加在大学里举办的电影首映会，不管是和坂本见面，还是去看他镜头下拍摄的妹妹，都已经成了她无法忍受的事。梢子之后还是从母亲口中得知，他们拍的电影在独立电影的影展上获奖了。没过多久，母亲就带着梓沙去了东京，说要让梓沙正式从事演艺工作。不知是因为坂本的电影拍得好，还是母亲很久以前就有这个想法。

一开始，父亲极力反对，但他明白，以母亲的性格，话一说出口就绝不会退让，最后还是同意了分居生活。或许说“放弃了”更为准确吧。

那时妹妹也说不想这样，想要和姐姐一起生活，但梢子只是冷冷地丢下一句——“你差不多也该自己一个人努力了”。

梢子就这样抛弃了妹妹。

那句话不是对梓沙说的，而是对自己说的。

就这样继续和妹妹在一起，亲眼看见她所拥有的一切都胜过自己，让梢子非常痛苦。仔细回想起来，当时梢子就已经舍弃过妹妹一次，她没想到妹妹在东京居然会遇到那种事情。明明已经不想再经历同样的后悔了，但梢子却再一次重蹈覆辙。

在第一次造访的车站下车，梢子从大衣口袋中拿出手机。

“我到车站了。”梢子发送了信息。月台上空无一人。

搭电车不过几十分钟，在颠簸间，车窗外的绿意愈发浓郁，道路两边也逐渐出现了积雪。

空气冰冷，冻得脸颊生疼。梢子走出检票口，站在木质长椅边，坂本卓也发来了回信。

收到！我现在就去接你。

如同朋友般的对话让梢子不由得心痛不已。

收到坂本的回信是在凌晨四点。梢子睡得很浅，手机一振动就醒了过来，过了好一会儿，也分不清是梦境还是现实。

好久不见，谢谢你特意联系我。

我最近才和梓沙见过面，听到你说她受伤住院了，真是吓了我一跳。

如果你方便的话，要不要见个面聊一聊？

我今天一整天都在办公室，能麻烦你坐车来附近的车站吗？我去车站接你。

文末还附上了公司官网的网址。

梢子曾经听母亲提过，坂本开了一家影视制作公司，既是公司负责人，又担任导演，非常忙碌。

除了小学时第一次参演的电影外，梓沙还曾拍过坂本的另一部电影。差不多是在她高中毕业一年之后，但不是主演，只是以临时演员的身份拍摄了一天而已。当时的梢子极力避免和坂本碰面。

梢子紧张到忘了呼吸。

我并没有得到他的认可。

梢子不想让他知道自己被他的话伤害到了，对方并没有错，是梢子自己的问题。

大约十分钟后，坂本到了车站，一辆白色的丰田海狮停在了路边。

“辛苦了。”

明明是第一次见到成年后的梢子，但坂本毫不犹豫地朝她打了招呼。

“快上车，很冷吧？”

他打开副驾驶座的门，朝她招了招手。从那个时候来算的话，现在的他应该有三十五岁了吧，可他英俊年轻的脸和热情的性格倒是一点没变。

“突然联系你，真的很不好意思。”梢子坐上副驾驶，向他低头致歉。

“没事啊，我很高兴哦。你真的长大了，我也变老了。”坂本说着开动了车子。

这低沉又响亮的声音着实令人怀念，甚至连这爱装大人的态度也是如此。对于当时还是个初中生的梢子而言，大学生就已经完全是大人了。但现在回想起来，两人只差六岁，长大成人之后反而觉得没多大区别了。

“梢子你现在在干吗？”

“啊，我半年前结婚了，现在住在东京。”

坂本瞪大双眼，一脸不敢置信。或许只有此刻才能看见他真实的一面。

“哇，没想到我会被你超过去哎。”

“……坂本先生你结婚了吗？”梢子说着看向他握着方向盘的左手，修长的无名指上没有戴戒指。

“哎呀，像我这种工作不稳定的人，怕是难喽。”他笑起来，眼角挤出细纹。

“感觉坂本先生很受欢迎呢。”

“是这样吗？不，实际上确实挺受欢迎，但一旦交往，就总会出现‘我和工作到底谁重要？’这种状况。”

原来如此，梢子无意识地点点头。

“你先生是做什么工作的？”

“他在出版社工作。”

坂本用力地点了点头：“是编辑吗？”

“对，之前是销售，后来换了部门，现在是做编辑。”

“我对这一行不太了解，不过感觉应该挺忙吧？”

“感觉你们影视制作这一行也很忙呢。”梢子说道。

“你还挺懂行，确实每天忙得脚不沾地。哎，人生真难啊。”

梢子点点头，笑着说：“确实如此。”这轻松的语调让人莫名放松。没想到自己有一天能这样自然地和坂本聊天，确认自己完全没有心神不宁，梢子终于安心了。这段初恋已经完全结束了。

坂本的办公室离这里只有五分钟左右的车程。那是个隐身于民宅中的摄影棚，建筑物本身已经相当老旧了，深绿色的屋顶倒显得有几分可爱。

“其实现在还在打扫中，里面挺乱的，真是不好意思。”

坂本边开门边解释道。

“在你这么忙的时候来打扰你，还是我比较不好意思。”

“没什么，已经快忙完了，完全 OK 的。反而是现在时机正巧呢，要是再早一个星期，我可能还抽不出时间，那会儿就是年底最后一波工作了。”坂本说着指向沙发。

“坐吧，我去拿点饮料来。”

“啊，别那么客气。”

不知有没有听到梢子的声音，坂本没有回应。梢子听见他把速溶咖啡放进马克杯里的声音。梢子坐在沙发上看着他的背影。

坂本虽然身材修长，但并没有给人以瘦弱之感，体型看起来和以前没太大变化，但褪去了不少青涩的感觉。

“喝吧，如果想要甜一点，可以自己加点糖哦。”坂本把圆滚滚的白色马克杯和糖包放在了茶几上。

“谢谢。”

梢子稍一思考，就把糖全加进了马克杯里，虽然可能会有点太甜了，但她觉得只留下一点有点不太好。

“话说，你说梓沙住院了？怎么回事，是出车祸了还是怎么了？”坂本在对面坐下，拿着和梢子同样的马克杯，喝着咖啡问道。

“……其实，她是从楼顶摔了下来，现在还没有恢复意识。”

梢子的声音有些沙哑。

坂本惊讶地“欸”了一声，一下子愣在了那儿。

“……所以是意外？还是……”

他说到一半就沉默了。

梢子非常清楚他想要说什么。

不会是自杀吧？为什么？发生什么事了？

他一定是这样想的。

“我也不清楚，真的。我结婚之后基本没怎么和她联系了……连她最近跟谁关系比较好我都不清楚。我在她的房间里看到了你电影的DVD。”

梢子从包里拿出DVD放在桌子上。

“你说最近有见到她，是在这部电影的放映会上吗？”

坂本点了点头。

“真的就是最近，大概一个月前吧。”

“你们联系频繁吗？”

梢子一问，坂本摇了摇头。

“没有，放映会那会儿也是好久没见了。我这次时隔几年又拍了新电影，所以就给至今为止认识的所有人都发了私信。梓沙说她是看到那个之后才来的，除此之外就没和她联系过了。”

原来是这样，梢子有点失望。如果妹妹和坂本在自己不知道的地方还有联系，那该多好。

“……我总觉得，我妹妹应该有个和她相当亲近的人。”梢子小声说道。

我很想相信她不是自杀，那只是意外……我很想相信，她身边有让她觉得不能就这样死去的人存在。

就算把这些说出来，也只会让坂本感到困扰而已。梢子明白这一点，却怎么也无法停止。明明他只是久别重逢的人，明明是几乎没怎么说过话的人。

但或许正因为他几乎可以算得上是陌生人，才能把这些话说出口，因为这对他而言算不得多么沉重，到了明天，他还是会好好地走在自己该走的道路上。梢子如此坚信着。

“……我也觉得她应该不是一个人。”坂本摸着下巴说道。“我和梓沙只说了几句话，放映会结束后目送观众离开时，稍微打了个招呼而已。她是独自来找我说话的，但之后我远远看到她好像是和谁一起走出去的。”

“真的吗？是个什么样的人？”梢子不自觉提高了音量。

“……是男性，年纪应该跟梓沙差不多。”

“男性”，梢子嘴里反复念叨着，她能想到的只有一个人。

梢子不知该说什么好，就这么愣在原地，沉默在两人之间蔓延。

“……说是这样说，但真的只有一瞬间而已。比我年轻的看起来都差不多，所以我也不能百分之百确定。”坂本拿起马克杯说道。

“……你说得好像自己很老一样。”梢子忍不住脱口而出，又立刻低头道歉说不好意思。

坂本露出一抹释怀的微笑：“我比你大六岁，已经是个大叔了。就算喝再多提神饮料，一熬夜还是难受得不行，有时候不喝点睡前酒又根本睡不着。”

门口突然传来了声音——“累死了！”

梢子看过去，只见一个和坂本一样身材高挑的男子走了进来。

“咦，有客人吗？”

梢子稍一致意，男子也脱下帽子点了点头。

“你不记得了吗？是梢子，梓沙的姐姐。”坂本说完，那男人大声惊呼道：“哇，真的吗！说起来我也上年纪了啊。”

这和坂本相同的反应让梢子不禁扑哧一笑。

“太好了，你终于笑了。”

梢子突然发现，坂本看着她笑弯了眼。

“我想你现在应该很难过，但就算每天摆出一副悲伤的表情也无济于事，我们只能做自己力所能及的事情罢了。”

明明面带微笑，坂本的眼中却无一丝笑意，让梢子一下子就挺直了背脊。

是啊，坂本不是个仅有一腔温柔的人。他不允许有人停滞不前，对自己更是要求严厉。梢子回想起陪梓沙拍电影时的事。

梢子曾经不小心弄倒了摄影机的三脚架，幸好器材没有损伤，但梢子不管怎么道歉都无法释怀。

“对不起，我真的不是故意的。”

其他工作人员都劝梢子别放在心上，只有坂本口气严厉。

“别老觉得像有人在骂你似的。”

梢子现在仍记得当时身体一僵的感觉。听了他的话，她才第一次发现自己总是只顾着担心自己，羞愧得想找个地洞钻进去。梢子喝完咖啡，起身朝坂本微一点头。

“谢谢你告诉我这些，我差不多该走了。”

“我才要谢谢你告诉我这个消息。我送你去车站吧。”坂本站起身，拿起马克杯，朝房间角落的洗碗池走去。

“啊，但是……”

梢子看了戴帽子的男人一眼。

“你不用管我，让他送你过去吧，这块儿交通很不方便的。”男子如此说道。

坂本留下一句“那我出去一下”便走出门外，梢子点头致意后也跟在他身后走出房门。

“不好意思，你们应该是要谈工作吧？”梢子问道。

“别担心，那家伙也有自己要做的事，而且我们不是要谈工作，是要聊关于制作独立电影的事情。”坂本说着坐进了车里，梢子也跟着坐在了副驾驶上。刚刚还觉得和坂本互相敞开心扉，但现在又发现自己还是完全不了解坂本。她现在才切身感受到了六岁的差距有多大。

梢子平常都宅在家里，而坂本却很善于体贴对方，能明确表达出自己的意见，并且心中毫无恐惧，两人根本没法比。

梢子偷偷看了眼他的侧脸，心想，大概是因为在做自己喜欢的工作所产生的自信吧。他在自己相信的道路上取得了成功，正因为他身处自己理想的环境中，所以才能不受到身边人的影响。

“……感觉你工作得很乐在其中。”梢子小声说道。

令人意外的是，坂本微微皱起眉头，但还是笑着说道：“嗯……因为是自己选择的路，我也不太想去抱怨。但到底是工作，难免会有很多难处。”

虽然他语气很轻松，但话中透露出来的似乎并非全是正面的信息。

“……比如说？这些我方便问吗？”

车子在红灯前停下。坂本说：“这个嘛……”

他从仪表板上拿出口香糖，顺手递了一颗给梢子。

“我们的工作基本上都是面向客户的，所以就算我们觉得这样做比较好，也经常会因为对方的意见而全部推翻重来，经常被弄得晕头转向的。”

梢子点点头，示意他继续说。

“比如说，我们和负责人商量之后，把广告的主题定为‘知性’，这个主题是符合客户意见的。”

“嗯。”

“为了要在预算内最大限度表现出这一主题，我们要起草企划案、拍摄、剪辑，中途还要一边跟负责人确认，一边制作广告片。负责人看完后也对我们表示了肯定。”

信号灯转绿，坂本踩下了油门：“但最后通知我们‘还是请全部重做’。那问题来了，这到底算什么呢？”

嗯？梢子愣住了，脑袋几乎无法运转。梢子感觉必须得回答些什么才行，她打开了自己的记忆仓库，回想着在书店里工作的经历。

明明一切都很顺利，却还是中途前功尽弃。

被完全不讲道理地对待。

在脑海中喃喃自语时她突然想到了，在和其他连锁店工作的书店店员们聊天时一起做了一个企划，想要举办一个打破店与店界限的书展。每家店负责文库本的人各自选出自己很想推荐但一般不会摆在店里展示台上的书，然后设置一个专区。梢子当时也参与到了热烈讨论当中，似乎想要发泄平日的不满。

想要打造一个没有任何人做过的卖场。现在每个人负责的书架都很有个性，但店里最显眼的展示台上，每家店摆的书不都差不多吗？无论卖得多好，一堆畅销书摆在一起也丝毫提不起读者的兴趣，有种根本没花心思的感觉。在这边的书店店员都是资深店员，跟最近刚来的新人不同，都很有经验。我觉得要是能充分活用这份智慧创造出那样的卖场的话，一定很棒吧。

虽然嘴上这样说，但梢子自己也不清楚那到底是个什么样的卖场，只是当作场面话说说而已，但英子却说：“这主意真不错，我们来做做看吧。”

说完后就开始写企划，并整理成书面文件后向店长提出了申请。店长一开始也很不情愿，但最后还是同意道：“好吧，那你们试试吧。”这或许是因为英子制作的文件和梢子平时的优良品行，店长平常几乎都不会拒绝她们的请求，所以哪怕现在提出的要求稍微有些为难，店长最后还是答应了。

他们原本打算多联合几家出版社，请出版社制作促销赠品及书展专用的书封。但就在此时，企划被喊停了。

想起这些，梢子回答道："上面的人没点头？"

梢子话一出口，坂本就大声回应道："回答正确。负责人把拍好的影片拿给上司确认，然后上司说'再弄得更活泼开朗点不是更好吗？'"

梢子无言，她想着，要是这样的话，怎么不……

"你肯定在想怎么一开始不说，对吧？"坂本说出了梢子心中的想法，她点头赞同。店长当时一开始也同意了，所以她才开始行动的，但他想到要去跟总公司报告就觉得麻烦，所以后来又喊停了。

"我也这样觉得，我想这不对啊，整体氛围完全不同啊！可是，他们是客户，而且负责人也觉得很抱歉，不停地在道歉，所以我也不得不想办法帮忙解决这个问题……因为是工作嘛。"

无法接受，想要大骂对方"那都是你们的问题吧"的心情充斥在脑海中，但坂本肯定想着，就算生气对这件事也没有帮助。

"但我们已经拍完影片了，预算都花得一干二净了，租借器材、聘请演员，这些工作都已经结束了。对方不打算追加预算，所以也没办法重拍，但又必须解决这个问题。"

"结果怎么解决的？"

“这就只能靠我的剪辑能力了。”坂本笑道。

“简直就是地狱啊。因为我还有其他工作，只能拼命挤出时间，绞尽脑汁，调动了我所有的经验，好不容易重新做了个活泼开朗的版本……因为我是专业的嘛。”

“太帅了。”梢子心里单纯想着。不受微妙的自尊心影响，尽当下最大的努力，这看似简单，其实很难做到。

“而且啊，我也有员工，要靠这些报酬来给员工付薪水，毕竟大家都得生活嘛。所以身为公司经营者，只能把情绪和工作分开。”

这句话刺痛了梢子。

梢子知道自己完全做不到这点，至今不知道遇过多少次因为拘泥于自己的自尊心与心情，而无法专注在工作上的情况。

坂本继续对无言以对的梢子说道：“但是，也有很多很快乐的瞬间哦。比如有些时候和很棒的人一起完成工作，感觉非常充实；或者我们做出来的东西超出了对方的期待，让他们非常惊喜之类的。如果被那些不好的事情困住，我就会感觉很讨厌，所以把这些让人开心的事情放在心里，每天一直努力。这样就可以啦。”

确实。梢子点点头。

“因为所谓的工作啊，总是没办法百分之百做自己想做的事情……所以我才会选择拍电影吧。”

梢子抬起头看向坂本，他正直视前方。

“只要自己当导演，所有事情就都能按自己的意思来，对吧？当然啦，因此也要负起该负的责任。但如果变成工作了的话，情况又会完全不同，必须考虑赞助商的意见之类的。经常会掺杂各方面的意见，许多东西都被迫更改，根本无法考虑到作品的质量。”坂本喃喃自语道，“哎，人生真的很难，但也真的很开心呢。”

梢子也觉得人生很是艰难，但开心的这一部分却无法感同身受，不禁叹了口气，感叹自己仍然孩子气十足。

丈夫肯定也和梢子一样，没觉得人生有多开心吧。

不一会儿，车子抵达了车站，坂本再一次说道：“还是谢谢你联系我，接下来应该还有很多事情很辛苦，但偶尔也要放松一下。如果你愿意的话，可以来看看我的电影，告诉我你的感想。也替我转告梓沙吧，我很想听听她的感想。”

坂本说到一半，死死盯着某一点，沉默了下来。梢子开口问：“怎么了吗？”

“……我觉得，梓沙应该不是自杀。”

嗯？梢子看着坂本，他也抬头看向了梢子。

“其实梓沙对我说过，她最近有个惊喜要跟我讲。”

梢子心跳加速。

“我跟她说一定要跟我讲讲关于这部电影的感想时，她对我说，最近有个惊喜要告诉我，到时候可以一起跟我讲……

但是，我还没来得及听她的惊喜，也还没听到她的感想。”

太阳已经完全隐去了行迹，梢子独自一人在月台上等电车。距离发车时间还有二十分钟左右，坂本原本让她在车上等，但梢子拒绝了。梢子让他早点回公司，更重要的是她想要独处片刻，整理整理思绪。空气冰冷，刺得肌肤生疼，但这是清醒头脑所需的寒冷。梢子在长椅上坐下，闭上了眼睛。

感觉今天见到了许多梢子不曾了解过的梓沙。

有个男人和她一起去参加了放映会。

梓沙说之后要说一个惊喜。

把这两点组合起来的话，答案不就呼之欲出了吗？

比如说，梓沙已经打算和那个人结婚了。

梢子睁开眼睛，看向无名指上的结婚戒指。这是一颗小小的钻石，和半年前一样闪耀夺目，设计很简约，所以搭什么衣服都行。梢子还清楚地记得戴上戒指的那一瞬间，那光彩夺目、让她为之自豪的一瞬间。她想着，这样一来就没问题了。

戒指的名字是“eternity”，意为永远。

不管是哪对恋人，刚开始交往时，应该都想着这次肯定能“永远”持续下去。恋爱就是这样的一种存在，像是种让人感觉自己与众不同的疾病。

其实，梓沙曾经先梢子一步，拥有了这样的恋爱。在梢子心中，那就是一种病。如果没有那段恋爱，妹妹或许也没有办法继续坚持下去。

在梓沙升初中那年，妹妹在母亲的陪同下，到东京开始了演艺生涯。与此同时，梢子也开始和父亲过起两人生活。老实说，那两年梢子过着从未有过的无比自由的生活。没有母亲与妹妹的日子居然有如此巨大的改变。

虽然梢子不得不代替工作到很晚才回家的父亲承包所有家务，但光是没有母亲干涉这一点，就足以让她感到十分轻松。

快点去学习吧，你长得又不好看。

母亲不停地对她重复着这句话。这句话不会因为母亲暂时离开了家就能立刻忘记，但因为作为比较对象的妹妹也不在身边，梢子也就不需要时刻品味着这份悲惨。

母亲以会影响学习为由，只允许她看电视新闻和NHK[①]。而现在，就像要补偿之前没看的那份一样，梢子疯狂地追着电视连续剧、娱乐节目与综艺节目。梢子在小学、初中时常

① 日本广播协会的缩写，又名日本放送协会。

常因为无法参与同学们的话题而迟迟交不到朋友，但在她上高中之后，终于能赶上同学们的潮流了。

其中最开心的就是，朋友们像在互相竞争般，争先恐后地借漫画给梢子看。

和电视一样，母亲同样以干扰学习为理由，只会买《樱桃小丸子》或《哆啦A梦》这种毫无恋爱色彩的漫画给她。所以当她第一次看到描绘与自己同龄的少女们的恋爱故事的漫画时，过于刺激的内容让梢子大受冲击，也让她产生了强烈的憧憬。

班上的那些“风云人物”对交往、告白之类的恋爱话题高谈阔论，时不时发出尖叫声的她们和自己宛如两个世界的人。

这种事情不可能发生在我身上。

正因为憧憬着那股强烈的光芒，才会切身体会到自己的阴郁。那时的梢子已经清晰感知到自己与妹妹不同，自己不像她和她们那样光彩可爱。

但沉浸在这些故事中时，她可以忘掉自己的相貌。无论遇到多么痛苦的事情，都一定能跨越难关，与白马王子一见钟情，迎来一个喜剧结局，然后就可以永远地被幸福所环绕，她就是如此坚信着的。

打破了这段幸福时光，将梢子重新拉回现实的，又是梓沙。

在母亲对自己的干涉日益减少之际，妹妹给自己打电话的频率却急剧上升。为了可以随时跟父亲联系，梢子也被允许拥有自己的手机，但最常打电话过来的就是梓沙。

“我想回家，我不想当艺人了。”

每次听到妹妹的诉苦，梢子总是一边鼓励她“你已经很努力了”，又一边在心里偷偷否定道“你现在也还算不上艺人吧”，因为在电视和杂志上都没见过梓沙的身影嘛。

“她到底在东京搞什么嘛”的愤怒与“希望她就这样别回来了”的愿望相交织的结果就是，梢子还是只能继续鼓励妹妹，她不想引起两人间的争执。

所以，当和朋友偶然走进书店看到那本杂志时，梢子吓了一跳。

当时班上男生站在杂志区前看着什么东西，吵吵闹闹的，朋友开口问：“你们在看什么？”

他们喊着：“没看什么！”就这么扔下杂志，溜出了书店。

“哇，这群家伙真是差劲，居然看这种东西。”

朋友皱起眉头，但又含着几分笑意喊了梢子几声。她声音很小，梢子一开始没听到她在说话。

那是演艺类的杂志区，朋友拿起某本杂志给梢子看。杂志封面的色彩特别鲜艳，一看就知道不是什么正经杂志。但下一瞬间……

推她一把的是……

是梓沙。

封面上，两个少女正露出微笑，右边那个无疑就是妹妹。她们俩身上穿着布料少得可怜的白色比基尼，互相紧贴着彼此的身体。梢子怎样都无法从封面上移开视线。尚未发育长大的单薄胸部和那天真无邪的笑容，无疑都是为了满足男人的欲望而展露的。梢子瞬间明白了一切，她忍住突然袭来的反胃感，皱起眉头，对朋友说不想看。

“明明平常都不会摆这种东西的，真讨厌。”

“确实差劲。”梢子一边回应着朋友，一边努力让自己保持平常心。

还在读初中的梓沙真的能理解大人要她做的这些事情代表着什么吗？对于性行为这件事情，她真的了解吗？

就连梢子都很难说自己懂这些东西。但对她而言，那应该是在将来会遇到的某件象征着幸福的事情。可这对妹妹来说又是什么呢？会不会变成她不再想去思考的事情了呢？会不会变成令她厌恶的欲求了呢？

这是梢子第一次主动打电话给妹妹。

不想被母亲听到这些，梢子提前发短信给妹妹，说有事情想跟她说，询问两人能单独打电话的时间。

妹妹给出的时间是凌晨一点，梢子问：“这么晚的时间没事吗？”

妹妹回答说："那时候，妈妈应该喝得烂醉在睡觉了。"

听到不擅喝酒的母亲居然喝到烂醉，梢子的心情难免也有所动摇。

深夜，梢子瞒着父亲跑到了附近的便利店。她不想让父亲听到这些，就算会因为偷偷跑出去而被骂，她也不想让父亲，让任何一个男性知道那张照片的事情。

梢子在便利店停车场的角落打出电话，刚响一声梓沙就接了。

"怎么了吗？难得姐姐你给我打电话。"

或许只是梢子想太多，但她总觉得妹妹的声音似乎在发抖。

"我今天去了书店。"

这句话一说出口，梢子就听见了妹妹咽口水的声音。

"我看到了你当封面的那本杂志。"

说完的一瞬间，梢子突然意识到自己做的是件多么残酷的事情。她浑身发抖，紧紧抿着嘴唇，忍受着极度的不安。

梓沙沉默了一会儿，梢子想着自己是否该继续说，但如果继续说下去感觉又会让妹妹伤得更深，于是两人就这么僵持着，一句话也说不出口。

"你现在在哪儿？"梓沙先开口了。

"便利店的停车场。"

"711？"

"是的。"

“是我们一起去买限定款冰激凌的那家吗？”

“是的。”

梢子感觉妹妹似乎想要转移话题，就在梢子决定只聊些家常的瞬间，妹妹说：“经纪公司的人告诉我，只是拍些普通的泳装照而已。”

“嗯。”梢子应和着。

“他们说大家都拍过，没事的，没什么大不了的，所以我也努力让自己这样想。其实我很讨厌穿学校发的泳装，也很讨厌比基尼，但其他人也这样穿，所以我努力让自己也觉得没什么大不了。”

梢子很想打断梓沙的话。她说努力让自己这样想，也就代表着这并非她的真实意愿。

“大家都在摄影师夸奖下摆出各种姿势。摄影师一直说什么很可爱哦，真棒，脚再张开一点这些话。越是看见大家情绪高昂拍得这么开心的样子，我的心情就越来越低落。但我想着这可不行……所以才会摆出一副极力配合的样子，我就让自己想象现在在这里的不是我，而是别人。”

梓沙的声音毫无半点情绪。梢子从未想过妹妹会发出如此冰冷的声音，不由得有些害怕。

“之后的事情我记不太清了。只想着，总之终于结束了，真是太好了，我终于解脱了。但是……”

“但是什么？”梢子忍不住回问道。

“但是我看到杂志上的照片后吓了一跳。一想到自己打扮成这样就觉得很恶心。公司里有人夸我，说像我这样黑色长发的女生看起来很清纯，很诱人。还说有些男人就喜欢像我这样还没长大的身体……自那以后，我就开始觉得自己的身体很恶心，觉得所谓的大人也很恶心。”

妹妹说的这些话，一字一句都让人为之痛心，梢子产生了一种强烈的冲动，想要把手机狠狠地砸在地上。

梓沙现在会遭遇这些状况，全都是因为她太过美丽了。梢子曾经嫉妒过她的美貌，但从没想过，美貌带来的结果竟是如此。

想想，快想想，快好好想想。

该怎么样才能拯救妹妹？

答案随之出现在眼前。

“你准备好了吗？你听我说，我觉得这可能会被妈妈骂，但一定能让你回来。”

梢子向梓沙说出了自己的计划。

电车驶入车站，车门缓缓打开。

一上车，车内的暖气热得肌肤微微发痒，梢子这才发现外面是那般寒冷。

和梓沙在一起的男性，是她的伙伴吗？

是不管发生什么事情都绝不会放开她的手的白马王子吗？

在那之后，妹妹身边出现了正义伙伴一般的男人，但最终也没有实现“永远”这一目标。生活不像小说，不会如此轻易地出现喜剧结尾。

梢子思索着接下来的调查对象，一边翻动着手机通讯录一边犹豫着。

如果猜错了，对方可能会愤怒地呵斥“事到如今你还想要干吗？”，但她现在也只能想到这个方法了。

要不试着联系一下梓沙已经分手的前男友吧。

过去的白马王子会成为现在拯救梓沙的人吗？梢子隐隐怀揣着这样的期待。

“那家伙是真的很没用。”

一打开休息室的门，就冒出这么一句话，我不由僵在了门口。

我后悔不已。明明之前特意确认了彼此的休息时间是重合的，干吗还跑来这里啊。但除了这里之外，我也不知道还能去哪里吃午饭了。

但我也已经没有勇气走进去，只好轻轻关上门，退回走廊。

购物中心里四处充斥嘈杂的背景音乐与人声。而且现在还是暑假期间，小朋友的喧哗声比平常更大，让人感觉似乎只有自己是孤身一人。

设置在手扶梯旁的沙发上坐满了正在玩手机游戏的小学生，这里似乎也找不到自己的容身之处。

没办法，只能出去看看了。

酷暑的热气让体温急剧上升，衬衫湿答答的黏在皮肤上。我想着，至少要找个有阴影、能坐下的地方。宠物店门口旁边摆放着自动贩卖机，旁边的长椅上空无一人。我在长椅上坐下，从包包里拿出甜面包，是我昨晚在超市买来的。

撕下一小块丢进嘴里，可那缠人的甜腻夺去了口中的水分，让人难以下咽。只好用早已恢复常温的瓶装茶把面包顺下去，然后叹了一口气。

呆呆看着停车场。

一大家子人看起来都挺开心，抱着书店的纸袋走了出来。

他们买了什么呢?

他们喜欢哪种书呢?

自从在书店上班，只要看到有人拿书就会自顾自地开心起来。虽然是完全不认识的陌生人，也让人感觉是同道中人。不管是男是女、是老是幼，享受书籍是不分性别与年龄的。

一想到自己正从事着提供这份喜悦的工作，就自然而然地涌出几分奋发向上的力量。但是——

又叹了一口气。

肩膀和后背像是背负着重物般沉重，连呼吸都愈发困难。脑袋昏昏沉沉的，想试着思考一下下午工作的流程，大脑却一片空白。

但我不能让最重要的那个人丢脸。

一口气喝完剩下的茶，把塑料瓶丢进垃圾桶里。

加油，加油!

不知不觉中，这已经变成我的口头禅了。

第二章

白马王子在哪儿？

推她一把的是……

婆婆打来电话时，梢子正在医院食堂吃午饭。刚好吃得差不多了，梢子把餐盘放到回收区，拿着东西走出了中庭。

"您好，我是梢子，久疏问候了。"

梢子不由自主地边打电话边低头。

"梢子？这么晚才联系你真是抱歉，我今天才听说了你妹妹的事。直树这家伙什么也不告诉我。男孩子真是迟钝。"

婆婆说话跟连珠炮似的，梢子回道："我才是，没有跟您联络真的很不好意思。本想着等情况稳定了再说，但迟迟找不到机会……新年也没法过去一趟，真的非常抱歉。"

她找到一张长椅坐下，轻轻深呼吸，被暖气吹得昏昏沉沉的大脑也稍微清醒了些。

"我们这边你不用担心，倒是直树，他不去你那里真的没关系吗？"

"没事的，我和父亲……还有母亲轮流看着呢。比起我这边，还请您嘱咐直树一定要多休息。我想他应该挺累的……这么辛苦的时候我帮不上忙，真的很抱歉。"

梢子低下头，映入眼帘的是已经穿得很旧的运动鞋——有必要买双新的了。在这个念头冒出来的瞬间，梢子想到的是自己已经没有工作了。一股无法言喻的无力感袭来。倒也不是没有积蓄，只是买一双运动鞋而已，应该没什么压力。

即便如此，只要没有工作就会感到如此不安。

“这也不是你的错啊，我才要向你道歉，明明才刚结婚不久，直树这家伙竟然……”

梢子打断了婆婆的话：“直树没有错，请您千万不要责怪他，拜托了。”

梢子还从未用如此强烈明确的语气和婆婆说过话。婆婆和自己的母亲不同，是个能干的人，与儿媳妇梢子相处时的距离感也把握得非常恰到好处。但作为母亲，对儿子目前的情况果然还是会有些担心，有些放心不下。

“……是啊，这也不是直树的错。”

梢子虽然察觉到婆婆的声音在微微颤抖，但她没有提及这点。

“是的。”

婆婆再次强调“总之你不用担心我们这边”，随后挂断了电话。

在不知道叹了几次气后，梢子闭上了眼睛。重压在身上的情绪，是对种种事情的后悔——那个时候要是这么做了、要是那样做了，如今的生活会大不相同吧。

婚后不久，丈夫便从营业部门调到了文艺书籍的编辑部。这是他一直想去的部门，梢子也替他开心。但在一个月后，丈夫开始说不想去上班了。

一开始，梢子还以为他只是累了。和丈夫一起生活后，梢子才惊讶于他的工作时间之长。不过，梢子也知道丈夫如今成了作家的责任编辑，这是他一直以来向往的工作，所以她并没有把丈夫的话当回事。

梢子终于感觉到不对劲，是她发现丈夫不管是平常在家还是放假的时候，都始终一脸阴沉。可即便她问丈夫“发生什么事了吗”，他也只会回些“我也搞不太清楚”这些让人摸不着头脑的话。

或许明天就又精神了吧，没准今天会笑着回家——梢子就这样欺骗着自己，装作什么事也没有发生。她不想回到还住在老家时，每天都提心吊胆的那种生活。真是自私的想法啊，明明丈夫在自己眼前露出了如此阴沉的表情。

仔细想想，丈夫一开始其实试图和梢子说过这件事，他边笑边说：“编辑部的人，大家说话都夹枪带棒，跟营业部完全不一样，真讨厌。”

明明丈夫是个从不会说别人坏话的人，但梢子还是没能察觉到丈夫发出的求救信号，甚至还在最后回答他说：“那你还嘴回去不就好了。”

她就这样说出口了。她对无法明确反驳的丈夫多少有些恼火。明明自己在工作的时候也对很多事忍气吞声，却无意中希望丈夫可以变得更强大些。

所以丈夫也向梢子隐瞒了自己去医院的事。

婆婆打电话过来的时候，梢子羞得无地自容，觉得自己的不争气一览无余。

丈夫没有告诉梢子自己去看了心理医生，还是婆婆从朋友口中得知后打电话过来，梢子才知道了这件事。直到这时她才知道，丈夫在职场上遇到了霸凌。上一任责任编辑似乎对这次人事调动相当不满，可丈夫并没有任何过错，也没有义务负任何责任，是他搞错了怨恨的对象。可就是因为上一任责任编辑没有做好交接工作，导致丈夫在工作上屡屡出错。

丈夫负责的作家向编辑部抱怨，为什么让一个毫无经验的人来对接。丈夫并没有辩解，他认为不应该让作家知道出版社内部的纷争，所以没能解开误会。虽然现任责编是丈夫，但作家依然选择和前任责编联系。听说前任编辑特意跑来，当着所有人的面对丈夫说："都是因为志田你工作没做好，他才会来找我，你用点心吧。"

即使如此，丈夫还是低着头说了"对不起"。

明明没有目击这一现场，梢子的眼前还是浮现出了丈夫的模样——为了保护自己而露出虚假的笑容，然后告诉自己没什么大不了的。梢子仿佛自己也被逼着承受这种不合理的对待，连呼吸都变得紧张起来。

知道这件事后，梢子连“要不要辞职”这种话也说不出口。因为梢子没法赚到足够养丈夫的钱，为了维持现在的生活，梢子只好让丈夫继续勉强自己。

正当梢子又要叹出一口气时，丈夫曾说过的话从脑海浮现。

“叹气会让幸福溜走哦。已经叹过的气就没办法了，那就吸点回来吧，快呀。”

在结婚前，梢子尽量不让自己抱怨工作，但实在辛苦到无法忍受时，她就会下意识地叹气。看到梢子叹气，丈夫总会这样说，然后陪着她一起深呼吸。

我也想像丈夫那样，为他做点什么，却不知道自己该怎么做才好。

梢子深吸一口气，起身要回重症监护室。此时手机响了。

她本以为是婆婆忘了什么要说的话，但一看屏幕，发现来信的邮箱地址非常眼熟，但因为没有保存在手机通讯录里，所以没有显示名字。

看了短信内容后，她马上意识到这是井口英子发来的，心脏猛地一跳。带有攻击性的说话方式，还是和以前一样。

好久不见。听说你回这里了？我有句话想跟你说，见一面吧。

梢子发现邮箱地址是英子敬爱的作家的姓氏与生日的结合，不禁涌起一股怀念之情。

同时，得知英子并没有删除自己的联系方式，梢子不由得感到几分苦楚。因为她早已将英子的联系方式删掉了。

她重新在长椅上坐下，盯着手机看。

她很害怕与英子再次见面，因为英子会不由得让她想起过去的自己。她和英子在某些方面非常相似。也正因此，她俩曾经很聊得来，在私底下感情也很好。

只不过，这些相似的部分，也正是梢子想要舍弃的缺点。

不要逃避。

如果有想说的，就明明白白讲出来。

梢子任性地接受了另一个自己说的话。

是啊，面对声音小的人就敢清楚说话，但只要对方强势就不敢还嘴，这就是我的坏习惯。

梢子将信息重新编辑了好几次，按下了发送键。

好久不见。因为妹妹的事，给店里添麻烦了。现在我和家人轮流在医院照看妹妹，所以傍晚可以抽出时间来。你什么时候方便请再联系我。

这回梢子终于把手机放回包里，离开了长椅——而真正想要联系的人，梓沙的前男友，仍旧没有回信。

傍晚和父亲换班时，父亲拿了一万日元给她，让她回家时顺便买些寿喜锅的材料。

“为什么？”梢子问道，父亲愣了一下。

“你不知道吗？我们每年除夕夜都是吃寿喜锅啊，最后往里面放进荞麦面代替跨年荞麦面。你要是能做的话，你妈妈应该也会吃吧……你要是能嫁得近一点，也能时不时回趟家，你妈妈的心情多少会好一些，也算是帮了我一个大忙。”

“……你的意思是，为了讨妈妈开心，我就应该放弃和喜欢的人结婚吗？”

父亲夸张地叹了口气。

“别这么说话。你真是越来越像你妈妈了。”

听到父亲像是刻意要刺痛自己般的口吻，梢子没法再保持沉默了。

“……爸，你有跟妈好好说吗？”

“……说什么？”

父亲大概没想到梢子会还嘴，满脸惊讶地回问道。

“问她想在房间里躲到什么时候，问她到底想逃避现实到什么时候，问她难道没想过试着思考为什么事情会变成现在这样。”梢子快速说着，心里像是有某个角落崩塌了。之前无法说出口的话，一句接一句地脱口而出。

“事到如今跟你妈妈说这些又有什么用呢？”

“那你放着她不管不就好了，为什么非要让我去讨她开心？”

“我们是一家人啊，有事情不就应该互相帮助吗！”

“你只会在对自己有利的时候提起‘家人’这两个字。平常你只会躲开这种状况，根本没认真想过吧。”

“你说什么？”父亲的声音愈发低沉了，这让梢子不由得有些畏缩。

父亲原本就不是强势的人，相由心生，平常也看起来一脸温柔，但他认真起来时，五官就会变得相当严厉。

“既然你自己这么想，那自己去做不就行了，不要支使我。”

“就算我说了什么，你妈妈也不会听我的啊。”

“还不是因为爸爸你总是嫌麻烦不停逃避？还不是因为你总是摆出一副只要能赚钱回家就好的态度？”

话音未落，脸颊上的肌肉传来剧烈的震动，那种钝痛感甚至深入到牙龈——这是梢子生平第一次被父亲打。

“爸爸哪里做错了！我到底做错什么了！”

梢子用手捂住被打的脸颊，茫然地注视着父亲。本以为父亲和母亲不同，是可以放心交谈的人，可现在他仿佛变了一个人。

“……或许就是像这样觉得自己什么错也没有这一点吧？”

父亲似乎丧失了说话的能力，他张着嘴，却没能说出一句反驳的话。梢子把钱又放回沙发，说了声“我回去了”，离开了父亲。

梢子一边等着公交车，一边摸着被打的左脸——好想和谁说说话。虽然有这个想法，但是不知道该找谁。虽然有种打电话给丈夫倾诉的冲动，可拿出手机后想想还是觉得算了，又把手机放回了包里。

丈夫现在的状态，无疑是无法与梢子一起分担痛苦的。光是他自己的事就已经焦头烂额了，梢子不想再增添他的负担。

她突然冒出“母亲是不是也一样”的想法。虽然情况有所不同，但对于无法理解自身痛苦的丈夫，她或许也是什么都不想说，认为即便说了也没用，所以从来不会去找丈夫商量。

公交车终于到站了。梢子上车，前面座位上坐着一位怀抱两岁左右小女孩的母亲。小女孩把下巴靠在母亲的肩膀上，直勾勾地盯着梢子看。

梢子感到有些不自在，她生硬地微微挥动右手，虽然露着笑容，但她知道自己的脸颊很僵硬。

下一秒，小女孩哇的一声大哭起来，紧紧抱住了母亲的脖子。梢子立刻收回右手摆在大腿上。那母亲询问突然大哭的女儿:“怎么啦?”

梢子觉得很不好意思，好像做了多余的事情。

明明自己只是想要过着平静、安稳的生活而已。

变成厉害的人，变成有钱的人，这些事自己从未幻想过，只是想和大家一样，过上“普通”的生活而已。

梢子觉得，只要自己有所行动，就会打破平衡，让周边的人陷入不幸。她完全无法抑制这种想法。不知道他人会因为什么事而受伤，就像这个突然放声大哭的孩子一样，无论自己是出于怎样的好心，也不知道她为何会突然哭出声来。

自己接下来做出的选择，会不会都是错误的?梢子一直怀揣着这份不安。妹妹梓沙说不想当艺人后，梢子给她出了主意，到现在她也不确定这个选择是好是坏。不过，那时的她毋庸置疑是在为梓沙着想的，只有这一点她可以毫无忐忑地说出来。梢子用力吸了口气。

手机响了。白天刚录入的英子的名字出现在屏幕上，大概是她正好下班的时候。

我明天要上班，我们晚上六点半在车站前见面吧。我不想在休息日还特意出门。

梢子不禁苦笑，她说话还是那么直接啊。但实际上，她比任何人都要脆弱。

攻击就是最好的防御。

这句话用来形容英子，是再合适不过的了。

梢子只回了句“了解”，就握紧了手机。现在就已经紧张到胃痛了，英子说的话总是有道理，准确无误，但这些正确言论并不见得一定能让事情顺利进行。

下车后直接回了家。梢子原本还在犹豫要不要按父亲说的买寿喜锅的材料回去，但她打消了主意，想着说不定母亲已经提前准备好了，梢子想试着去相信这一可能。

梢子在玄关说了句“我回来了”，但没有得到任何回应。

梢子走到客厅，虽然没有看到母亲的身影，但房间里相当温暖。梢子立刻明白房间刚刚还开着暖气。她转头看向矮桌，残留着咖啡的马克杯和面包的包装袋就这么放在上面。

母亲并不是一整天闷在卧室里什么也不做。她会在家人不在家时出门活动，等到有人回来时再回卧室，继续扮演她的悲剧女主角。

> 我真是遍体鳞伤啊。
>
> 快来人来关心一下我吧。

梢子忽然有种想大声喊叫的冲动。她不知该如何消化这从心底涌出的愤怒。

把马克杯放进洗碗池，把面包的包装袋狠狠扔进垃圾桶里，梢子的呼吸变得急促起来。她忍住想把手边的东西挨个砸掉的冲动，抓起包回到了玄关，穿上鞋子便离开了家。

梢子和一位老爷爷、几个孩子擦身而过。

小心火烛，一根火柴也可能造成火灾。

町内会的活动原来还在继续，梢子感到无比怀念。梢子从前在除夕和元旦时也会像这样在町内走来走去——梓沙大概没有这种经历吧。

梢子向他们点头致意，跑着离开了这里。她漫无目的，只是想让大脑稍微冷静一下。

也许母亲今天会做晚餐，毕竟是除夕，是结束一整年的重要日子。俗话说“结果好便皆大欢喜”。也许母亲有去过超市，准备好了做寿喜锅的材料呢？也许母亲有想着保持乐观，有试着努力呢？

梢子对这样稍微有所期待的自己感到愤怒。

事到如今，居然还没有放弃幻想吗？

她沿着国道走了十五分钟，想要暖和暖和已经冻透了的身体，便走进了一旁的超市。这家半年前还没有的超市，如今似乎已经完全被居民们接纳，人流量多到所有收银台都开了。

梢子走到卖熟食和便当的柜台，想要买点什么回去当晚餐。她发现货架上摆着与以往不同的十分豪华的商品。

不管是买一人份，还是连母亲的份也一起买都让人感觉很不自然，梢子不知所措地呆立了一会儿。买两人份的便当还是买寿喜锅的材料，不一样都是在照顾母亲吗？不对，是不是根本不重要，但是自己已经不想这么做了。

梢子决定不再想母亲的事，转而回忆起与坂本之间的对话。

过段时间有个惊喜想告诉你。

梓沙对坂本说过这样的话。梢子一直在思考，妹妹到底想说什么，但除了“结婚”以外想不到别的可能性，而且可能还是与前男友结婚。如果是这样的话，梢子肯定也会吓一跳的。

梢子想转身离开时，撞上了其他顾客，她抬起头说：“不好意……”

没等道完歉，梢子见到了对方的脸。那人满脸惊讶地呆在当场，还没等梢子开口，就想立刻离开。

“等一下！八木君！”梢子叫住了他，八木站在那里。

“不好意思，突然联系你。但是，梓沙她……”

他压低了声音：“可以请你小声一点吗……我妻子的老家

就在这附近，我不想被谁看到造成奇怪的误会。”

梓沙的前男友八木亘的声音相当冷淡。

在屋顶停车场的吸烟区，八木点燃了一根香烟。梢子不喜欢烟草的味道，但她也没有资格去抱怨。烟熏到了梢子的眼睛，不知八木是那种不会考虑风向的人，还是觉得如此对待梢子也无所谓。

梢子悄悄移动自己的位置避免被烟熏到。

“我现在和妻子一起回她老家。刚才是因为忘记买荞麦面了，她这才叫我出来买，所以我真的没什么时间。”

八木的左手拎着超市的购物袋，里面有四包袋装面。应该是八木和他妻子，还有妻子父母的份吧。

“怎么会忘了买荞麦面呢。”八木喃喃自语。他深吸了一口烟吐了出来。

“梓沙因为受伤住院了吧，但是你这样突然发邮件过来，问我最近有没有见过她，挺让我困扰的。我们已经分手好多年了，我也有我自己的生活啊。”

“对不起。”梢子道歉。

见到八木的样子，梢子基本推断出和梓沙一起去坂本电影上映会的男人不是他了。八木已经不再是梓沙的男主角了，希望就此消逝，线索又中断了。

“有人见到梓沙和男性一起出现，所以我在想会不会是八木君，没准你们又复合了。”

推她一把的是……

八木在烟灰缸上灭掉香烟。

“没这回事。”他斩钉截铁地说道。

“被那样对待过，事到如今怎么可能还想再见面，只会重蹈覆辙吧。”

“嗯，对不起。我只是觉得有可能而已。”

八木说的话再正确不过，梢子只好道歉。毕竟有错的人是梓沙，八木是受害者。

高中生谈的那种青涩的恋爱，怎么可能让他来负责。

我会和你一直在一起。

绝对不会离开你。

就算他没能遵守这类约定，那又怎么样，这是常有的事。

只是梓沙却对这些话深信不疑，而且对梓沙来说，这些话比什么都重要。

“所以我见到梓沙真的只是偶然。”

八木这句话出人意料，梢子不禁回问：“什么？你和她见过面？”

面对梢子的疑问，八木显得异常狼狈。

“不是的，真的只是巧合，只是不小心碰到而已。”

梢子抓住了看起来随时想要逃跑的八木的手。

“什么时候？在哪里？说了什么？”

八木一脸“要是没说就好了”的表情，他抓抓后脑勺，歪着头说：“……好像是一个月前吧。在公民馆[①]前偶然碰到了。我岳母在做插花，正好那里有插花的展览会，我就和妻子一起去看了。”

“那个时候是不是也在办电影的上映会？”

“这个我没印象。怎么了？”

“你和梓沙聊了些什么？”

如果坂本见到的是八木和梓沙的身影——这就表示梓沙身边没有一位白马王子。

“我没和她说话，我的妻子就在旁边啊。我们见到对方后都吓了一跳，但都努力不露出异样的神情。”

八木看上去不像在说谎。

梢子感到后悔，应该问清楚坂本电影上映会是在哪里举办的。不过，只要上推特搜索一下，这点信息应该可以找到。

“哪里的公民馆，起码可以告诉我这个吧？”

“请你放开手。”八木说完，梢子才发现自己握得太紧了，急忙松开。

“是O市的公民馆……我还以为再也不会和她扯上关系了。”

---

① 日本市町村为本地居民设立的进行教育和文化等各种事业的社会教育设施。

八木轻声叹了口气。

“那就是小朋友之间的恋爱。已经过了那么多年了，还来联系我也太奇怪了，她也有别的朋友的吧。”

“那是当然。”梢子说。

“别的朋友当然是有，只不过就算问他们，他们也不知道情况，所以才来找八木君。对不起。”

梢子说谎了，她不想让八木瞧不起梓沙。

“不好意思，希望你以后别再联系我了。我不想让自己平静的生活被打扰。”

“嗯，对不起。”

八木走向自己的车子，那是一辆黄色的迷你面包车，可以看到后排有婴儿座椅。

八木已经有孩子了。

梢子感到自己受到了这一事实的打击。她的脑中浮现出八木一家人幸福出游的模样，和自家的情况一对比，她觉得很痛苦。她知道这个想法很自私，但还是会觉得痛苦。

梢子坐到烟灰缸旁边的长椅上，等待心情平静下来。她刚才对烟味感到苦恼，八木一走，冷冽的空气顿时清澈了。

她拿出手机搜坂本的推特，一直滑到一个月前，发现举行上映会的公民馆和八木所说的是不同的地方。梢子松了口气。

“……太好了。”她不禁脱口而出，两手自然地在面前合十，摆出祈祷的姿态。

坂本见到的男性，不是八木。

那，到底是谁呢？

还有一个疑问——梓沙为什么会去公民馆呢？

特意去隔壁市的公民馆，这不符合妹妹一直以来的行为模式。和妹妹在一起的那个男人，肯定知道些什么。

八木岳母参加的那个插花展。

梢子决定先调查一下展览的日期，接着查一下在此期间公民馆内还举办了些什么活动。

梢子站起身从紧急逃生梯上下来。买点晚餐回家吧，不买寿喜烧，而是两个便当，现在也只能做到这种程度了。

为什么会对妹妹的事这么上心呢？

她这么询问自己后，立刻回答道。

那是因为——她就像是另一个自己啊。

明明长得一点也不像哦？

这点梢子自然不能更清楚了，她不知想过多少次“要是没有她就好了”。

即便如此，面对母亲的教育方式，以及没有得到父亲保护这点上，姐妹二人承受了相同程度的伤害。

如果我变成现在的她，这也没什么好奇怪的。

梓沙听从了梢子的建议，将自己那头从孩提时代起便一直留着的漂亮黑色长发剃掉，变成了短发。

这让梓沙在初中生活还剩下一年时，和母亲从东京回到了家乡。

从小听从母亲嘱咐留到锁骨附近的美丽黑发，被胡乱剃了一通，母亲让梓沙戴上了针织帽。

这是当时还是高中生的梢子拼命想出来告诉妹妹的方法，那就是把头发全部剪掉。

改造成不会引起男性情欲的容貌。

目的就在于此。

梢子也不是没有想过，让妹妹做这种贬低自己价值的事会不会不太好。和梢子的蜷曲乱发不同，梓沙有着一头柔顺的美丽长直发，要梓沙亲手剃掉自己的头发，她会不会感到痛心。

但梓沙还是亲手剃掉了自己的头发。

她先用美发剪刀把头发剪短，接着拿母亲除毛用的推子把头发全部剃光。梓沙在浴室做这些事时，一直和梢子通着电话。

剪刀轻而易举剪掉头发的声音和推子嘈杂的声音都传到了梢子的耳边，她觉得自己仿佛就待在妹妹身边，好像被剪掉的就是自己的头发。

那是抛弃自己优势的行为。

如果自己真的想变成那样，当然没有任何问题。即使是女性，就算头发再美，梢子也没打算说“就应该留长发”这样的话。

但是为了不成为他人的性幻想对象而改变容貌，本身不就是一种否定自身的行为吗？

像梢子一样。为了不让别人嫉妒，为了不被人说“明明是女生还……”，为了不被人说一点也不可爱，她会故意答错会解的数学题，故意不用正确的发音读英语，明明知道的事却假装不知道……不也是一种为了让自己不显示出任何魅力而做伪装的行为吗？

不，妹妹被逼迫做出的是痛苦得多的事情，梢子握紧了拳头。

妹妹现在，屈服了。

屈服于男性。

推她一把的是……

屈服于女性这一性别。

以及，屈服于母亲。

这就是放弃最真实的自己的声音。梢子有一种想要挂断电话的冲动，但又不能放下妹妹一个人不管，毕竟这是她提出的建议。

梢子坐在便利店的停车场，等待这件事的结束。

在别人看来也许有些滑稽，如此大费周章，很可笑吧，直接说不想干了不就行了，但那是自己说出的话会被别人接受的人才能有的想法。梢子和梓沙都清楚，母亲是不可能接受她们的意见的。

“你在做什么！”

突然，耳边响起刺耳的尖叫声，与此同时，还有东西落到地上的声音。

“放开我！”

“你为什么这么不听话！”

“我已经受够了！”

争执的尖叫与怒吼不断回荡，将梢子逼入了绝境。

梢子不曾去过两人在东京的居所，即使如此，她也能如亲眼所见般，想象出两人在狭窄的浴室中抓住彼此的手腕的样子。一直以来说不出的话没能找到出口，终于转变成了暴力。

……梓沙。

明明想大叫出来，但嘴里却没能发出一丝声响。

“哐当！”

一声巨大的声响，好像有什么东西撞上了玻璃门。接着……

“你竟然还想让我去做那种事情，太奇怪了！”

随后耳边听到什么东西弹飞的声音，通话中断了。梢子急忙拨回去，只听到回复着对方已关机的机械声的回答，电话怎么都打不通。梢子意识到应该是梓沙把手机扔了出去。

她的喉咙异常干渴，视线也突然变得晕眩。梢子把手掌按在眼皮上，等待眩晕消失，但是脑中却依然回荡着梓沙的尖叫声。

为什么自己没能更早一些倾听妹妹的心声？梢子觉得妹妹之所以如此歇斯底里，很大一部分责任在于自己，这让她非常后悔。

梓沙虽抱着不惜舍弃自己容貌的觉悟，但母亲仍旧没能理解她的心情。

母亲买来了假发，似乎还和事务所的人商量，想让梓沙戴着假发工作。但事务所没有同意，最终梓沙离开了事务所，和母亲一起回了老家。

事务所并不是对梓沙的想法表示理解，只是觉得梓沙看起来会惹麻烦，不想照顾她而已。简单来说，能取代梓沙的人要多少有多少，仅此而已。

母亲没有向父亲说明详细的原因，而父亲又如往常一样，没有要求任何人说明什么。不知道他是因为没有兴趣，还是因为不想卷进这些麻烦事。

不过梢子当时觉得这也没什么不好。如果是自己，也不想让父亲看到那种照片。而且，要是连父亲也不愿意承认梓沙受到了伤害……

“就这点小事。”

“也没什么大不了的吧。”

要是父亲说出这种话，梓沙受伤的心情将更加无处可逃。

不过，梓沙的美貌仍旧一如既往。即使剃光了头发，不，正因为没了头发，更显现出她的五官配置有多么完美。尤其是站在她身边时，映入眼帘的侧脸更是别样的美丽。

精致的鼻梁，紧致的下颌线条，梓沙有着少年时期独有的清爽感。深邃的双眼皮带着些许忧伤，隐藏着神秘感，就连这些地方也让梢子觉得美丽。

只是这样的容貌在学校这种集体生活中不太派得上用场，甚至可以说反而成了一种阻碍——越是醒目越容易受到同学们排挤。

而且，梓沙的学习成绩更是惨不忍睹。

这是母亲要求梓沙“只需要漂漂亮亮地站在那里就行”

酿成的苦果。

在学校，梓沙应该是个异样的存在吧。转校生本身就是瞩目的焦点，而且这个年纪的小孩很难接纳与自己不同的存在。

在不停的休学、早退中，梓沙总算是完成了初中的学业，进了一所被人调侃只要会写名字就能入学的私立高中。

梢子祈祷，希望妹妹能在新的环境中顺利生活。

将母亲的便当放在客厅的茶几上，梢子朝着卧室的门说："我把晚饭买回来了哦。"

母亲没有回应。

梢子回到自己的房间，在以前用的书桌上打开了便当，把饭菜送入口中。她有点怀念热气腾腾的米饭了。梢子叹了口气，看看手机，现在刚过晚上九点半。

丈夫只是每天早晚发来问候的短信，已经好几天没听到他的声音了。仿佛回到了当初异地恋的时候，那个时候双方时间总是合不上，很难挤出时间打电话。

也许是因为在自己的房间里，当时的心情又涌上心头，让她的呼吸变得急促。她有意识地进行深呼吸，缓缓地将气吐出，让自己冷静下来。

拜托了，把我从这里带走吧。

她曾这样祈祷，不停地祈祷。当时的梢子，除了结婚，想不到别的方法可以让自己摆脱那种状况。那时的自己是将一切托付给恋人的软弱的自己。

也是在那个时候，梢子第一次理解了梓沙的心情——梓沙对八木做的那些不合常理的行为，虽然无法原谅，但是可以理解。

突然很想听听丈夫的声音，梢子拿起手机拨通了电话。丈夫应该回了老家，公公婆婆大概也在旁边吧。梢子担心他会不会不太方便接电话。

不过，电话响了两声丈夫就接了。

“喂，直树？对不起啊，打扰你了。你和婆婆他们在一起吧？”梢子快速问道。丈夫只是低声回道：“没有，妈妈他们在客厅看红白歌会呢，我已经准备睡了。”

梢子重新看了眼时间，还不到十点。

“……身体不舒服吗？”她问丈夫。

“没有，只是电视声音太吵了，所以我跑回房间了。”丈夫回答道。

“这样啊。”梢子回完这句话，陷入沉默。有很多话想和丈夫说，但是梢子想，现在的丈夫大概没有余力再承受梢子的怨言了吧。这时，丈夫却开口询问了：“发生什么事了吗？”

梢子的喉头一紧，把话说了出口：“嗯……我妈不肯从房间里出来。”

说出来后，梢子不知为何突然感觉没什么大不了了。即使母亲愿意帮忙，也不会对梓沙能否醒过来产生任何影响。

梢子明白了这全都是心情的问题。梢子在东京还有可以回去的家。只要确定梓沙平安无事，再次离开母亲就好。

“现在是你和爸爸两人陪着梓沙吗？”

丈夫如此问道，或许他也察觉到了。

“嗯，我们轮流陪她。”

“这样啊，梢子回去，也是帮了爸爸的忙吧。”

“……真的吗？”梢子边吸鼻子边反问道。

“当然有。”丈夫温柔地说。

“我还要在这里待一段时间，把家里的事丢着不管，真是对不起。”

“不用在意啦，好好陪在梓沙身边吧。”

他们互相道了晚安，挂断了电话。

明明现状没有任何改变，胸口却微微泛起了一股暖意。梢子把高汤蛋卷放进嘴里，一边咀嚼一边回味丈夫尚留在耳边的声音。早知道心情会变这么轻松，就不应该逞强，早点给他打电话了。

总是一味地觉得自己是孤身一人，没有人可以求助，这是梢子的坏习惯。

为了避免胃痛，梢子慢慢地吃着便当。刚刚还忧郁地觉得食之无味的食物，现在又觉得多亏了别人做出来自己才有的吃呢，所以要心怀感激。

全部吃完后梢子双手合十，把空的便当盒丢进塑料袋里。虽然很想直接睡觉，但还有事情要做。

为了调查一个月前在O市公民馆举办过的活动，梢子拿出手机连上网络。O市的官方网站上记载着各个公民馆的开馆时间和休馆日，但别说是过去的活动了，就连接下来预定举办的活动信息也没有。

网站上有“俱乐部活动一览”的PDF文件链接，梢子点开了链接。

她发现，公民馆除了举办公众活动外，还有一些在进行的俱乐部活动。

书法、插花、乒乓球、手工……文件里有各式各样社团的名称和上课的日期、费用等的一览表，只不过没有一个看上去和梓沙有关系。每一个俱乐部看上去都是以上了年纪的中老年人为对象，梢子无法想象妹妹身在其中的样子。

可是，妹妹确实出现在公民馆，这点毋庸置疑。

梢子继续滑动手机，寻找是否还有其他线索。她发现了公共设施预约系统的链接，点进去一看，发现是空闲时段确认、预约、抽签确认等选项，看来是为了让普通民众也能使用公民馆的公共设施而设立的预约网站。

至今为止从未想过要利用公民馆的梢子，惊讶地发现竟然还有这样的世界。到底是经历了怎么样人生的人，才能接触到这类信息呢？她觉得自己的人生经验实在是太浅薄了。

梢子突然想到，没准梓沙就是用普通民众的身份在使用公民馆呢。这肯定不是梓沙自己的行动，而是在上映会时和她在一起的男性的想法。

想到这里，她的心中突然落下一片阴影，一直努力不让自己思考的想法浮现在脑海里。

那位男性，知道梓沙的现状吗？

如果他知道，为什么不来医院露个面呢？

虽然现在除了家属以外不能探病，就算他来医院也只能请他回家。但是，如果梢子是那位男性的话，要是真的很珍惜梓沙，肯定会想要多少了解一些详情，一定会想要来医院探访，和家属聊聊吧。

也许他并不知情，梢子心想。

事实上，如果书店的人不知道那位男性，应该也没有其他人可以通知他了。父亲和母亲肯定也没有察觉到那位男性的存在。

如果梓沙和他是频繁联系的关系，那么他在几次无法联系到梓沙之后，应该会感到不对劲吧。然后他肯定会想：“是不是发生什么事了？”

如果他知道家里的电话号码，也许会鼓起勇气试着联系梓沙。

如果他知道梓沙在书店工作，或许会到书店找她。

如果是梢子的话，一定会想方设法采取些行动的。

她把手机放到桌子上，双手捂住眼睛，眼睑下有泪光在闪烁。

“好累。”梢子忍不住脱口而出。

还有其他可能性。

那位男性知道梓沙住院，但是没来露面的可能性。

也许他并没有那么珍惜梓沙？

不对。也许是有什么原因，比如很忙之类的。

可你自己却不惜把老公丢在一边也要过来。

总有意想不到的状况，我身上也会发生自己想象不到的事吧。

梢子倒在床上，抱着膝盖蜷起身子，眼皮突然变得沉重，身体仿佛石头般僵硬，沉甸甸的感觉不停积压在身上。梢子知道即使硬撑着也无济于事，拉过被子钻进了被窝。

在逐渐停止运转的大脑的角落里，她决定明天见到英子时间一下有没有男性到书店来找过梓沙。

“你辞职后就完全失联了，也太无情了吧。”英子坐在桌子对面，边拿湿毛巾擦手边说道。梢子小声说了句“对不起”，伸手拿过了冰水。或许是因为店内的暖气太足了，喉咙干得冒烟，都没法儿好好说话了。干燥的喉咙终于被冰水滋润了。

为了赶在约定时间的十五分钟前到达，梢子提前出了门，整整提前了二十分钟到达车站附近。她在检票闸机前的长椅上坐下，等待英子的到来。

消磨时间的方法数不胜数，去车站大楼里的店逛逛，或者到便利店里站着看看杂志，但梢子只是静静地坐在那里等着英子。

她觉得自己很紧张。作为一个一直待在家里、不爱出门的人来说，大概没什么事情比和英子见面难度更高了吧。

英子的身影出现在人群中时，梢子几乎忍不住想遮住自己的脸逃走。又不会被杀掉，自己到底为什么这么害怕呢？

梢子下定决心，挥挥手示意英子她在这里，英子立刻发现了她。

“去经常去的那家店可以吧？”英子说完立刻迈出了

脚步。

英子选择的是位于车站后方，一家颇为隐蔽的像民居一样的居酒屋。爬上狭窄的楼梯，店员打开门问：“请问有几位？”

“两人。”英子回答时，梢子就默默站在她背后。

“现在只有吸烟席是空着的，可以吗？”

英子立刻回答：“可以。”完全没有看梢子一眼。

接着店员领她们到最里面的座位上。现在，梢子和英子面对面坐着，主导权已经完全捏在英子手里了。

“开玩笑的啦，别那么拘谨。就算你联系我，我也不想和你说话，弄到最后说不定反而是我这边的错了。说起来这就算是你的缺点吧。”英子边说边打开菜单。

“我要啤酒，你呢？”

“乌龙茶……”

“还是不能喝酒啊？吃什么，我随便点了哦？”

“嗯。”梢子回答完，英子就叫来店员，麻利地点好了菜。饮料还没有端上来，两人无事可做，沉默让梢子感到无比恐怖。

和英子关系弄僵前，两人经常一起来这家店。平静的灯光和舒缓的音乐总是让人心情舒适。和连锁店不同，这家店的价格多少有些贵，因此学生和年轻人都比较少，店内不会太吵，这也是个加分点。

“……你妹妹怎么样了？”

英子主动询问。不用梢子自己提，她松了口气。

“意识还没有恢复，但医生也说大脑没有异常。给店里添麻烦了，真是对不起。”

“不用在意这件事。”英子说。随后，她张了张嘴巴，好像要说什么，但只是吐出一口气，拿起了水杯，喝了一口水后，再度开口说：“不过啊，你还真是留下了一个大包袱呢。”

梢子没能马上明白英子的意思，“欸”了一声表示疑问。

“你妹妹那家伙真是没用。”

尖锐的话语深深刺痛了梢子的心，但她不能摆出受害者的样子，因为她以前也曾赞同过这句话。

店员端来啤酒和乌龙茶。英子笑着说“谢谢”，接过了啤酒，没有干杯就喝掉了一半。这乍一看很是任性的行为，梢子已经很久没见到了，看着就像在拍电影一样。

英子用清晰的语调斩钉截铁说出口的话，大多是带着迷惘或罪恶感的。梢子认为她是为了让自己深信自己没有错，所以才选择了如此强势的口吻。虽然容易被人误解，但她其实是个心思十分细腻的人。

“给你们添麻烦真是不好意思，我想那孩子已经竭尽全力了。”

梢子喝了一口乌龙茶，因为刚刚才喝过水，乌龙茶都不太喝得下了。

“只要努力就能得到表扬的只有小孩吧，出社会后，就应该拿出点成果才行吧？”

“……是啊，你这个想法也挺自然的。”

英子说的没错，梢子的上司也这么说过，她也是这么对待比她晚进公司的员工的。书店里陈列着的商业书籍里，肯定也写着同样的内容吧。

“也不是只有你妹妹特别没用啦，最近的年轻人都是这样。”英子继续说，“不知道在怕什么，也不肯找人商量，不会提问题，又不愿意主动学，还以为他们只会做被交代的事，没想到连交代的事也做不好。这还有脸说自己是在工作吗？”

她像连珠炮一样不停地说着，肯定平常就一直在想这些事情吧。能把事情说清楚无疑是个优点——前提是选对了倾听的对象。

“从英子的角度来看，可能觉得他们没有在工作。”梢子这样说。

“什么嘛，说得这么含糊不清。”英子语气里有些不满，“有什么想说的就直说。”

说话间，店员端来毛豆和包裹着马苏里拉芝士和鳕鱼子的高汤鸡蛋卷，微微冒着热气，让人食欲大开。

“……趁热快吃吧。”梢子劝英子开吃，英子皱着眉头举起了筷子，梢子也紧随其后向高汤蛋卷伸出了手。她很犹豫要不要说出真心话，人类是那种会和自己相像的人有所共鸣的生物，她担心说出口后，对方无法接受。

但是，这次真的不想逃避了。

“英子你说的没错，梓沙的能力确实不强，又怕生，需要花上不少时间才敢问问题或是找别人商量，工作上的学习速度也不快，但是……”

梢子深吸一口气：“因为我自己也是一样，所以才这样想。”

梢子努力挤出声音：“你不觉得职场整体有一种很难向人搭话的氛围吗？”

英子不小心把手里拿着的毛豆掉在了桌子上。她若无其事地捏起毛豆，放在盘子边，又仔细地拿毛巾擦了手。

梢子有些尴尬，感觉英子也有些生气，可她仍旧没有收回她说的话。

“你是想说造成这种氛围的原因在我？”

她直直地盯着梢子，丝毫没有愧疚之意。反倒是梢子逃避着她的视线，看起来态度颇为软弱。对于梢子来说，要堂堂正正地摆出自己是正确的态度并不容易，而且对书店来说，自己早已经是外人了。

但是梢子仍旧有想要说的话。

“我没说是你的错，反而应该说，我现在才觉得自己曾经也是那样。那个时候，我也创造出那样的气氛来了。”

梢子并不想责备英子，也不想逼迫英子。她只是希望可以把职场变成一个不会把任何人逼上绝境的地方。

“只要是人就会有心情不好的时候。因为对方心情不好就不敢问问题，这不该是出了社会的人该有的行为吧？”

“但是在工作的时候，心情不好到要别人顾忌他，这也不是出社会的人该有的行为吧？”

梢子听见了英子的喉咙吞口水的声音——不对，我并不是想要责备她。

“我很明白那种烦躁的感觉，我也是一样的。我现在说的话连我自己也没有做到。也许你会觉得我说的话很不负责，但是我觉得就算摆出不高兴的态度，也没法让事情有所进展。”

梢子看着英子大口喝着啤酒，很想告诉她自己并不是在指责她，而且最重要的是，这也是为她着想。

“又不是非要他们不可。”英子把啤酒杯放在桌子上，轻声说。

“还有很多其他人可以正常干活的吧。为什么我偏偏得和这些根本不会干活的家伙一起上班啊。在你之后来店里的正式员工也是，真的很没用，真的很麻烦。”

梢子感觉她似乎是故意在用强硬的说法，英子现在是为了伤人而说话。

“我不这么认为。”梢子说。

英子满脸不解地“欸”了一声。

“我觉得没有很多所谓的其他人。”

英子大概听懂了梢子的话，低头看着桌面。

不，我并不是想伤害她。不假思索地迎合她的意见，一起说几句抱怨的话自然更轻松，但那只是敷衍了事。我不想向她，向曾经一起努力工作的战友说谎。

“薪水很低，要做体力活，还有很多东西要学。即便如此，还是喜欢书，还是想要在书店里工作，抱有这种想法的人就是现在在店里工作的员工们。我觉得现在的这些工作人员，就是最棒的。”

“……你意思是反正没有办法，所以让我放弃？”

“我没有这么说。只不过，每个人成长的速度、适合的领域都不一样。我觉得看清这些事情再培养对方，最终也会回馈到自己身上……他们会变成帮助自己的伙伴的。”

英子轻轻点着头，不屑地回以“是啦是啦”。

“反正都是辞职的人的伪善而已。你太理想了，反正已经和自己无关了，所以什么话都能说出口，但实际上根本办不到。”

“我也这么认为。”梢子点点头，“……但是，我很后悔。”

“后悔？”英子一副很吃惊的样子。梢子再次点点头，说：“是不是还有别的办法。已经过了半年了，我现在还是会这么想。我不希望英子和我一样后悔。”

英子沉默不语，拿起了毛豆。梢子也没有再多说什么。

今天说的一切，或许只是为了自我满足。但是，比起因为没有说出口而后悔，她宁愿说完后再后悔。

将来因为一些人、一些事而后悔时，梢子不想说出“我当时就是这么想的”这种话。

店员端上鳕鱼和日式炸豆腐，英子又点了杯啤酒。

“你呢？还要饮料吗？”英子问。梢子回答：“不用了，我这儿还有。”

梢子觉得英子的怒气和烦躁似乎平息了一些。不过，疲态与悲伤也随之出现在她的脸上，让梢子觉得心痛。

“……饭岛小姐辞职的事，你知道吗？”英子问道。

梢子摇摇头。

饭岛瑞希是从书店开业起就在店里工作的员工，她年龄应该比梢子大一轮，和英子关系很好，梢子也和她一起吃过饭。

“饭岛小姐辞职了啊……我都不知道。不过为什么啊？”

“我没问。”英子说，“但她说自己没得到该有的评价，在这里继续努力下去也是无用功，还建议我也早点放弃那家店比较好。”

英子从店员手里接过啤酒，直接喝了起来。她喝得很快，但梢子记得她并没有这么能喝，就问她：“没事吧？”

英子没有回答。

“从饭岛小姐口中听到这种话感觉好空虚。从开业一直工作到现在的员工，饭岛小姐是最后一个了吧。她比现在的店长资历还深，什么都懂，我希望这样的人能在我们店里工作啊。”

这还是梢子第一次见到英子用这么泄气的态度说话。她一直是个生气抱怨过后就会完全忘记的人。和梢子不一样，她不是会因为沮丧而失去动力的人。

“到底该怎么办才好呢？”英子喃喃自语，把炸豆腐的碟子推给梢子。

“因为喜欢书所以才会当书店店员，每天都很开心。明明还有很多想做的事，也变得更喜欢书了……不过，把喜欢的东西变成商品果然很难受。看到客人粗暴地对待那些书，或者站着翻完整本书后却说想要全新的所以在网上买，最后竟然还撂下一句，这种书根本没有原价购买的价值。这种时候就会觉得，喂喂，你给我等等！要是赚不到钱的话，书店也好，出版社也好，作者也好，全都会失业的啊。要是书店从街上消失，喜欢的作家不再出版新书，你们不会觉得很伤脑筋吗？喜欢的东西消失不是件让人伤心的事吗？”

“嗯。”梢子附和。英子开始长篇大论就是她喝醉的证明。

“……不过啊，要是不喜欢的话，应该也不会觉得这么生气了吧。实际上，像美里她们就一副没什么大不了的样子在工作嘛。工作总归就是这么一回事吧。不过这些跟你一个早就辞职的人没有关系就是了。”

英子的话又开始带刺了。不过这也让梢子偷偷松了口气，一副垂头丧气的样子可不适合英子。

“没这回事啦。我也喜欢书店，所以书店消失了也会伤脑筋的。要是回到这里的话，我也想去店里看看的。到那时，还是希望自己能觉得，果然这是家不错的店啊。”

“你来过店里了吧？我见到你带来的伴手礼了。看到书架你觉得怎么样？”

梢子一时语塞，而英子没有放过这一瞬间。

“要是不老实回答的话就揍你。”

被英子直直地盯着，梢子没法避开她的目光。

“……我觉得好像没有花很多心思在上面，补货也不够及时，是不是没时间啊？”

英子没有回答梢子的疑问，取而代之的是抱头大喊。

“啊——真是烦死了。”

梢子以为自己说了什么不该说的话，不觉绷紧了身体。英子见状后皱起眉头，说：“不，我不是在说梢子你。”

这是今天她第一次叫梢子的名字。

“我是说有小偷，店里有惯偷。”

“啊啊。”梢子点点头。

“我听说是专偷集换式卡牌的吧？”

“不止卡牌，还有偶像写真啊，新出的漫画等。还有一些人专门来偷去卖掉，放到二手拍卖网站上。”

梢子也皱起了眉头。

“……你怎么知道的？”

“当然知道。看看货架以为卖得很好，但是一看销售记录又根本没卖出多少，然后看了拍卖网站，发现有人把这些东西挂出来卖，就大概知道了。啊……这就是从我们店里偷的东西吧。当然，我没有任何证据啦。”英子表情扭曲地笑了。

“……拜托让我们正常工作吧。真的，我们已经没闲工夫把时间花在巡逻之类的事情上了。”

英子的话让梢子感到窒息。

只是想要正常工作而已。

这个愿望明明极为普通，却又如此艰难。

“知道饭岛小姐辞职后，工作多年的老员工们也一个接一个辞职，那个时候我真觉得自己被背叛了。大家明明曾经都信誓旦旦地说要让这家店变得更好什么的，竟然这么简单就辞职了……听到梢子因为结婚要辞职的时候，我也是这种感受。”

梢子感觉胃部突然紧缩。

“想让这家店变得更好什么的，想靠这么低的薪水生活就得找个能赚钱的丈夫什么的，我还以为我们一起说了很多真心话，没想到你偷偷和东京出版社的业务员在交往，这不就是背叛吗？本来就是以将来要辞职为前提的交往吧。”

“……真的很抱歉。”

“其实你边听我说话，边在背地里偷偷在笑话我吧？”

“没这回事。”

“谁知道呢。”英子说完后又喝起了啤酒。

梢子真的没有在背地里笑话英子，只是，她说不出口。正因为英子是如此认真地工作，梢子才更难说出口，因为很怕被英子逼问“真的是这样吗？”

拖拖拉拉错失了说出口的机会，就只能不停地用小谎言来应付。

英子是在晨会时得知梢子要在结婚后辞职的，由店长开口宣布，梢子再向大家报告。当时的她完全无法直视英子的脸。

自那以后，一直到辞职的那天，她和英子再也没有说过一句话了。

她知道英子在故意避开她，事到如今，她也察觉到不管说什么也无法挽回了。

“……真麻烦。”英子低声抱怨。

“对不起。”梢子说。

英子摇头说：“不是的，我才是最麻烦的那个人。我真的很讨厌自己这么麻烦。”

她的眼睛发红，是酒精的作用吗？还是说……

“我生气的不是梢子你结婚，而是你没有好好告诉我啊。一想到我在你那儿竟然连这么点信任都没有，我就很生气。”

“对不起，我只是觉得真的很对不住你。”

英子点点头，小声说道：“我已经没事了……我能理解你想要依赖别人的心情，虽然不愿意承认，结婚后真的会想要重新开始，到别的地方去。明明真的很喜欢那家店，但也真的觉得没法继续努力下去了。”

“……嗯。”

梢子不知道说什么好，只好摆弄早已冷却变硬的鳕鱼肉。

英子有很强的正义感。她追求完美，并且有能力实现。正因为她能力强，所以不管是对自己还是别人，都会要求付出更多努力。但不管怎么努力都看不到终点，或许正因为此，她才会如此筋疲力尽。

再更负责任一些，更精明一些。

这些要求别人的话语，也加倍折磨着自己。梢子对这种心情有着深刻的理解，所以更是一句话也说不出来。

虽然结账的时候梢子说了请客，但英子却坚持要各付各的。

“没有要你请客的道理。”

梢子敌不过英子坚决的态度，只能收下她递过来的钱。

即便如此，往车站走去时，梢子发现英子的气质比刚才柔和了不少，走路的速度也变得舒缓了些，这应该不只是因为喝了酒。

“我想问你一件事。”梢子说。

英子回道：“什么事？”

“这几天，有没有人来店里问我妹妹的事。”

走上车站的楼梯，英子穿的轻便女鞋发出“咯吱咯吱”的声响。这种尖锐硬质的声音让人不禁脊背发直。梢子在工作时一般穿运动鞋，但英子总爱穿稍微带点跟的利落的鞋子。她说这样就能够到原本够不着的书架。

“……没有，我没有碰到过。要我帮你问问其他人吗？”英子略加思索后如此提议。

“谢谢。可以麻烦你吗？”

“没问题。”

来到检票闸机前，英子问道：“梢子，你不是坐电车吧？”

“嗯，我坐公交车回去。”

“那你没必要送我到这里呀。”

“但是，不知道下次什么时候才能再见面，就让我送送你吧。”

英子的手插在大衣口袋里，低头看着梢子。因为她还穿着带跟的鞋，所以比梢子高了一个头，但她的表情却像小孩子一样，随时都会哭出来似的。梢子还是第一次见她这个样子，吓了一跳。

“……也不知道该不该说，我一直很犹豫。”英子吞了吞口水。梢子歪着脑袋要她继续讲下去，英子的脸上露出了苦恼的神情。

“梢子，你妹妹小时候是不是当过模特？”

她怎么知道这件事的？

梢子的疑问并没有说出口，只是睁大着眼睛。英子难以启齿似的继续说道。

“新来的兼职员工里有个喜爱少女的大叔，他见到你妹妹后，觉得是不是在哪儿看到过，就把以前登过你妹妹照片的杂志带来了。”

到现在竟然还有人记得。

梢子什么也说不出口，只好沉默不语。英子探头看着她的脸，问：“你还好吧？”

“……不好意思，我走神了，我没事。”她勉强回了一句。

“我已经和那个大叔说了，不要在员工之中散播个人隐私。所以知道的人应该不多。”

“谢谢你。”梢子低头说，同时想着不愧是英子。

虽然容易被人误解，但英子本质上是个正义感很强的人，所以就算不喜欢梓沙，也不希望她受到不当的伤害。谁也不喜欢被其他人随意打探以往的经历，英子很清楚这点。

“……不过就算这样做了，事到如今她可能也不会原谅我吧。”英子低声说着。

“什么？”梢子不禁回问。

“……大概一个月前，你妹妹对我说过。”

“……说过什么？”

英子沉思了数秒之后才开口：“她问我，‘如果你讨厌的人消失了，你会很高兴吗？’”

梢子的身体僵住了，喉咙紧缩到无法发出声音。

“我不是故意的……但是梢子的妹妹会变成这样，说不定是我的责任。”

英子的手紧紧握着，手背上因干燥开裂的痕迹看得人心疼。梢子一把握住了她的手。

“……谁也不会想到事情会变成这样。”

听到梢子的话，英子摇摇头：“……我，也许是害怕梢子的妹妹吧。”

“害怕？”梢子疑问。

“她和我太不一样了……光是站在那里就能引人注目的容貌，像是在否定我自己一样。我也许是对此感到恐惧吧，我真差劲啊。”

“我懂，因为身为姐姐的我也是同样的心情。”

英子又摇摇头。

“……如果有新的消息我再联系你。再见了。”

干脆利落地和梢子道别后，她走向检票口，身影消失在另一端，没有回头。

英子的身影消失不见后，梢子仍旧站在原处，一时无法离开。她不想立刻回家，虽然这欲望不是很强烈，但她需要时间单独思考一会儿。

她原路返回，走进下楼梯之后的一家咖啡店，坐在靠窗的位置点了一杯温热的欧蕾咖啡，舒了一口气。一坐下，好似立刻失去了再次站起来的力量，她感觉自己已经筋疲力尽了。

能和英子说话，真是太好了。

辞职前两个人一句话也没说，这一直是梢子心中的遗憾。因为英子对于她来说，比起同事更像是朋友。虽然她觉得和同事之间的距离这么近不是什么好事，有可能会公私不分，而且关系弄僵时也会很麻烦。

但是她和英子十分相似，所以关系不可能不好。在那些互相舔舐伤口般聊得火热的日子里，或许没有让彼此成长，但其存在确实是有必要的，那是为了撑过循环往复的日子。

梢子和英子都讨厌“很女人”的女人，梢子现在可以承认，那归根结底是源于嫉妒。在被要求“像女人一样”或者美丽时，就像是被人批评“你没有这些优点”一般令人痛苦。所以通过否定与自己相反的人来肯定自己——现在回想起来，真是羞愧得令人无地自容。

店员端来了欧蕾咖啡，放在桌上笑着说“请您慢用”，梢子也回以微笑。

她的年龄看上去比梢子大，身材略显丰腴。虽然颜值并不起眼，但她和善的态度和利落的动作看起来都充满魅力。换作以前，梢子肯定也会嫉妒她，并且在心里想一些过分的话。

连体型都控制不好，肯定是因为对自己过于放纵了。

放纵自己的人，肯定也做不好工作。

接着，又好像了解一切似的，对自己说。

那家伙真是没用。

那是因为逞强而展现出的攻击性。

梢子用双手包住欧蕾咖啡的马克杯，以温暖冰冷的手。双手微微颤抖，但她怎么也停不下来。

每当兼职的主妇们出现什么错误，或是看起来毫无责任感的时候，英子就会说出这句话，而梢子也会在一旁附和。她们认为自己只是在“平常”地工作，而对方却没能达到这一标准。也就是说，她们只是在互相确认，自己比其他人要高上一等。

她们并没有直接对本人说。她们也误以为自己的态度很成熟吧——明明都只是卑怯的人而已。

英子是怎么想的，梢子不知道，但梢子很明确地嫉妒着“被某人选中”而结婚的她们。

我怎么就扭曲成这样了呢?

她不想怪罪妹妹，但是症结就出在梓沙身上，除此以外找不到其他理由。

因为希望有人会爱我。

梓沙进了被母亲称作“垫底”的高中，有一段时间，她似乎交不到朋友，一直独来独往。梢子没有目睹，但也从没有听妹妹说过在学校里的开心事。

推她一把的是……

原本就内向，无法清楚表达出自己意见的妹妹，在第一次反抗母亲后终于找到了表达自己心情的手段——社会上一般将其称为家庭暴力吧。

例如，梓沙只要稍微起晚一些，母亲就会小声抱怨："你就不能像你姐姐一样。"梢子虽然很想追问母亲为什么要说这种多余的话，但还是什么都没做。

接下来，梓沙便会无言地将桌子上的吐司面包扔到地上，又或者把刚刚拿下楼的书包砸到地上。母亲瞬间发出尖叫声，但还是要多嘴一句。

"你怎么会变成这个样子啊！"

梓沙没有回答母亲的问题。她瞥了一眼，像是说了一句"你自己想啊"，就这么离开了客厅。她那如玻璃弹珠一般清澈的眼珠，仿佛看穿了这里所有的弱点似的。想到自己在妹妹眼中是何等的丑陋，梢子便忍不住地发抖。

收拾起散落一地的东西是梢子的工作。接着，她还得找些两人爱听的话分别和她们交流，安慰母亲说"梓沙就跟小孩子没两样"，对妹妹就假装善解人意说"妈妈真的很烦"。明明心里并不是这么想的，梢子深感自己跟"墙头草"无异，她很讨厌不停说谎的自己。

即便如此，她还是一直在母亲和妹妹之间调停，因为她觉得很愧疚。

来自母亲那望女成凤的压力，一直都是由妹妹替梢子承受着。只要稍有差错，现在的梓沙就有可能是自己。那么，多少分担一些妹妹的痛苦，便是身为姐姐应该做的事。

进入高中后大约过了三个月，梓沙唯一的朋友不再是姐姐梢子，变成了别人——八木亘。

每天早上，只要妹妹没有闹别扭，梢子便会带她一起出门。梓沙去高中，梢子去大学，所以两人一起骑自行车去车站。虽然几乎不会说话，但梓沙也没有拒绝过梢子。

妹妹坐电车，梢子坐公交，因此她们常常在立体停车场互相说“我走了”“路上小心”。但是有一天，就在姐姐停车时，妹妹说了句“那我先走了哦”，就丢下姐姐离开了。

梢子抬起头时正好和一个高中男生对上视线，他眼神中似乎透露着某种审视的意味，和梓沙一起下了楼梯。梢子一瞬间并没有意识到发生了什么事，只是心中留下了微妙的骚动和不快。

或许是自我意识过剩，或许还会被嘲笑有严重的被害妄想症吧，但是她怎么也无法停止想象，想象两人的身影消失后会进行的对话。

那个人真的是梓沙的姐姐吗？一点也不像啊。

这个年纪比她小，连声音也没听过的男生，不管他说什么，只要自己大大方方的就好了，反正自己又不会因为他有所动摇，但是就是忍不住在意。

梢子不由自主地想着，男人眼中的自己是什么样子。

进入大学后，梢子找到了可以一起上课、吃午饭的女性朋友。仍然仿若理所当然一样，梢子没能和男性有所交流。梢子冷眼看着他们享受社团活动，直接回了家。

虽然也想尝试打工，但母亲反对说“会妨碍学业”，而梢子已经没有一点反抗的力气。她不想在家中增添新的麻烦。

在被梓沙丢下的那天，下课后她直接回了家。母亲快步走到玄关来，叹气说：“什么嘛，是梢子啊。”

梢子问母亲怎么回事，母亲回答：“梓沙还没回来。”当时已经过了晚上七点了。

她脑中闪过妹妹和男生站在一起的画面。

母亲的直觉出奇敏锐，问：“你是不是知道什么？”梢子谎称什么也不知道。

梢子说：“我去外面看一下。”她在家附近散步，正巧遇见了骑着自行车回来的梓沙。

梢子告诉她：“这么晚，妈妈生气了哦。”梓沙就满不在乎地说：“和她没关系。”

“你看到今天和我站在一起的男生了吗？”梓沙突然开口问道。梢子点点头。

“我决定和那个人交往了。”梓沙向梢子报告说。

梢子只记得自己含糊地笑了笑，随便带过了这个话题。

妹妹继续说着:“只有亘君他会对我说‘你妈妈是不是有点奇怪’。其他的同学虽然也会说妈妈很过分,但还是会说什么‘你妈妈也是很努力地照顾你啊’,还不是在维护妈妈。但是亘君却说‘首先得好好问问梓沙自己想不想做吧’。”

梢子不禁倒吸一口气。自己的两面派作风,妹妹心知肚明,所以去找外界求助了。梢子觉得这是她的宣战通告,尽管如此,梢子还是笑了,装出一副平常的样子。

在那以后,妹妹只要一有事,就会跑出家门。

每当和母亲吵架,她就叫来八木,一起到家庭餐馆或者便利店门口去消磨时间。

而这时,母亲便会向梢子寻求安慰,而梢子也会回应母亲的需要。

“真是麻烦。”虽然这样说,但妹妹不再诉诸暴力还是让她松了一口气。自从开始和八木交往,梢子切实感受到妹妹在精神上变得安定了。

“希望能像这样将日子安稳地过下去。”

这个愿望也是为了梢子自己。只要妹妹看起来很幸福,自己的罪恶感也会减轻许多。

然而,这一现状并没有持续太久。

为了确认男友的感情,梓沙做了很多任性的事。比如半夜两点把他叫出来,上学前让他来家里接她;要是消息回晚了,就会骂他是不是已经不喜欢自己了,甚至还威胁他,要是喜欢自己的话就要全部听自己的。

听着从妹妹房间里传来的声音，梢子不安地想着，这样下去他们恐怕很难长久。拜托了，一定要好好相处下去啊——她对八木如此期待着。她已经不想再伸手拯救精神不稳定的梓沙了，她想要放弃身为家人的责任。

梓沙没有向梢子、母亲和父亲寻求帮助。家人没能给她的所有的爱，她都转而向八木去寻求，寻求他无条件的爱。

对于刚刚升上高中的男生来说，这想必是个沉重的负担吧。

说不上好也说不上坏，八木只是表现出了那个年纪的男生都会有的反应。

他在县外的亲戚的公司里得到了一份工作，高中毕业后就离开了老家。不过，八木并没有明确和梓沙提出分手。

“我存钱后回来接你。”

“我怎么可能抛弃你呢？”

他让梓沙就这样满怀期待，然后离开了家乡，结果之后再也没有和梓沙联系过。他连分手也没提，就这样斩断了两人的关系。

梢子一边不停对以泪洗面的妹妹说着“还会有更好的人的”“没关系的”，一边也用冷淡的眼光看着她。

当然会跑掉。被这么依赖着，肯定辛苦得不得了吧。

结果，无可依靠的妹妹，选择了自杀这条路。

错过了末班公交，梢子从车站步行回家。她拼尽全力控制着想要疯狂大叫的冲动。

她现在明白了，她在书店上班时敌视的那些“女性”，身上都有妹妹的影子。

她们可爱，受男人欢迎，从没想过要靠自己独立——梢子通过将这些人混为一谈并加以嘲笑来维持自己的自尊。

遇到了丈夫，是梢子发觉这样的自己格外丑陋的很大一部分原因。

当发觉自己对直树抱有好感时，有很多自己和英子说的话她都不想让直树知道——因为她确信，这绝对会被直树讨厌的。

也是在那个时候，她终于醒悟：自己在做的事，是摆不上台面的；自己的所作所为，其实是非常丑陋的。

她希望真正的自己是能够展现在喜欢的人面前的。

但是，梢子只让直树看到了自己好的一面，努力隐藏自己的阴暗面。也许只是梢子自以为隐藏得很好，其实早就暴露了也说不定。

她想着这些往前走，景色从两边飞快地流过。和面带兴奋的年轻人们擦肩而过时，她总感觉他们在看着自己笑。面无表情的女人沉默行走的样子大概有些滑稽吧，梢子这样想着，稍稍放缓了速度。

看着这些嬉笑打闹的十多岁的孩子，梢子觉得不可思议，心想“到底怎样才能养出这么率真的孩子呀”。年龄差距到达这种程度后，就会觉得他们都很可爱。

梓沙虽然与他们有所不同，但在八木面前也是竭尽全力地表现着自己。

她用全身力气横冲直撞，希望对方能够接纳真实的、和别人不一样的自己。如果自己像这样对待丈夫会怎么样呢？突如其来的想法让梢子身体发抖，这太可怕了，梢子做不到。

归根到底，你就是个软弱的人啊。

梢子忍不住跑了起来，离开了那里。

一直想要有人来保护自己，却又一直认为自己无法成为被保护的对象，于是只好伪装自己，让别人觉得自己是那种可爱、温柔又善解人意的女性。

结果，与真正的自己之间的鸿沟日益扩大。

为了甩开如此软弱的自己，梢子在夜晚的寂静中用尽全力地奔跑着。

一个一脸苍白、凶神恶煞的人正看着这边。但她突然意识到那是玻璃窗上倒映出的自己，不由得一阵战栗。

在购物中心，有许多东西可以倒映出自己的样子，这是从在这里工作后才知道的。尽管不想看见，它却依然会闯入视野之中，每次看到都会感到沮丧。

不知不觉中开始驼背，大概是想让自己的身体变小一点，尽可能不被别人看到，不想引人注目。

只要一失败就感觉格外挫败，一天结束时总是负能量满满，即使睡上一晚也无法恢复到原本的状态。接着继续失败，继续低落，保持着比前一天更负面的状态，日复一日。

今天下班已经很晚了，即便如此还是努力撑到了最后，因为明天休息。一想到不用和店里的人见面就很开心，但是再过一天就又要上班了。

这样的生活到底要持续到什么时候啊。

喃喃自语后才发觉不对劲。这种事情，只要自己坚持做下去，肯定永远不会结束的。

那该怎么办才好？怎么做才能解脱？找不到答案。

明明只要快点往前走就好，可脚步却格外沉重。好累，好辛苦。脑海里没有一句积极乐观的话。

最近连书也看不下去。打开书本，回过神来才发现自己只是重复盯着同一行字，脑袋完全无法理解其中的含义。接着，文字又变成了单纯的污渍，就会开始焦虑，觉得自己是不是疯了。心情完全无法开朗起来。

好想辞职。

对自然而然冒出来的这句话摇了摇头。不能这么做。姐姐特意替自己求来了这份工作，不能让她丢人，更不能恩将仇报。

其实，很想和她说说话。

想和她商量下，也有很多话想抱怨，好怀念那些微不足道的对话。

但是不想让对方看到自己软弱的一面，不想让对方失望。

因为她好不容易信任了自己。

不想背叛。

第四章　答案近在眼前

梢子第一次和直树的对话偶然且有些戏剧性，或许正因如此，梢子才给他留下了深刻的印象。当时的场景是这样的。

直树原本在出版社从事销售工作，时常会来梢子工作的书店跑业务。

但是，梢子负责的是人文类书籍，而直树负责的是单行本和文库本，他们并没有说话的机会。

那天，梢子正在收银台后面的电脑上发订单。突然听到一句很小声的“不好意思”，她抬头一看，一个二十出头的女性正看着自己。

梢子说“欢迎光临”。那名女性递出一张纸条，问梢子：“有这本书吗？”

“请稍等一下。”梢子回答，用电脑查询库存情况。店里并没有存货，只有前几天曾卖掉一本的记录。不过电脑上没有库存记录也有可能是书被放在了书架上。以防万一，梢子跑去和负责人确认。

“我去看一下货架上有没有，请您稍等一下。”说完后，她便去找了负责人确认，果然还是没有。

她回到顾客身边，说：“很抱歉。现在店里没有库存了，所以要另外订货。请问您能接受吗？”

那位女性指指自己的耳朵，接着在胸前摆了摆手。

我的耳朵听不见。

她指了指梢子手中的笔记本和圆珠笔。梢子明白过来，把要说的话写到笔记本上拿给她看。

其他店里有吗？

“我查一下，请您稍等。”梢子快速写下这句话，给她看过，又回到电脑前。

从数据上看，县内的分店里还剩一本库存，梢子给分店打了电话。

“辛苦您了。有客人想找这本书，可以帮忙看看有没有库存吗？”

接电话的人相当不耐烦，连带着梢子也变得烦躁起来。不过她尽力忍耐了下来。

告知对方书名和 ISBN 编码后，听筒里传来了敲打键盘的声音。对方马上回答说：“啊啊，有这本书的。”

梢子有些惊讶。他该不会是只看了数据就说有库存吧。遇到这类查询时，往往需要暂时保留来电，再去货架上确认货品是否真的存在。光是看看数据的话，其他店铺也能看到。

“真的有吗？”梢子犹豫着，没能问出“你有去货架上确认吗”。对方的口气变得有些严厉。

“有啊。”对方如此回答。

梢子拜托他按照顾客订单的形式用公司邮件寄过来，就挂断了电话。

梢子在笔记上写上前因后果，告知了顾客，并替她写了订单。不过顾客在到货联系电话一栏什么都没有填写。

我没办法接电话，过一周左右我再来。

“我明白了，谢谢光临。”梢子低头致意，目送她离开。但她心中有些不安：真的有库存吗？真的会送来吗？

这时，店内电话响起。兼职员工拿起电话说了几句，放下了听筒。

“高见小姐。是其他分店打来的，让我告诉你，刚才查询的那本书果然还是没有库存。”

“果然如此。”梢子在心中咂舌，立刻跑了出去。必须找到顾客说明情况，不然没有别的办法可以联系到她。一周以后商品没有送过来，她还得来店里白跑一趟。无论如何也要避免这种事发生。

梢子冲出店门，环顾四周，看到了正走上下楼扶梯的顾客的背影。

星期六客人很多，梢子难以向前。

“那位客人！”

梢子不由得大声叫喊，看向她的只有周围其他人，那位顾客是听不见的。

梢子心急如焚地走上扶梯时，顾客已经到达楼下，向着出口走去。

“对不起！”

“不好意思！”

梢子边向扶梯上的人们道歉边往前走，但还是追不上。

“那位客人！”

又一次大喊时，一楼的出入口进来一张熟悉的面孔。正是直树。

“不好意思！帮我拦下那位女士！”

梢子大喊，他一瞬间露出吃惊的表情，但什么也没说，只是很客气地叫住了那个顾客。直树大概知道了她耳朵听不见，用手指了指梢子。顾客回过头。

梢子终于安下心，放缓脚步追上她。梢子从口袋里掏出笔记本和圆珠笔，写下了发生的状况。她手有些发抖，字写得歪歪扭扭的。

把笔记本交给顾客看，梢子低下头说："真是非常抱歉。"就算客人生气也没有办法，毕竟再晚几十秒的话，梢子绝对没法拦到这位顾客。

肩膀被轻轻拍了一下，客人笑着说："谢谢你，我再去别的店找找看。"

"真的非常抱歉，如果还有其他需求，请您再次光临。"梢子说完又低了下头，目送着她离开。

没有被投诉只是运气好，以前发生这种突然改口的事大概率会被指责。向出版社订货要花上两周时间，这位顾客大概是需要尽早拿到那本书吧。明明网购能轻松配送到家里，她还特地到实体书店来，真是让人佩服。

"谢谢您，帮了我一个大忙。"

梢子转头向直树道谢。直树问她怎么回事，梢子便一五一十地跟他讲了。

"原来如此，还发生了这样的事啊。"他很感兴趣似的点了点头。

"我也有错，明明当时就已经在怀疑，结果却还是没有确认，疏忽大意了。"

后悔的话刚出口，直树就接着她的话说："但是，我想高见小姐努力为客人着想的心情，一定有好好传达的。而且对方既然都说有了，估计谁都不太敢再说什么怀疑的话吧。"

"我正好要去你们店里拜访。"直树说着让梢子先上扶梯。

梢子站在高一级的扶梯上，正好和直树视线齐平，她忍不住避开眼神。

“话说回来。”

直树突然扑哧一下笑出来。

“高见小姐，你的声音真的很大哎，引得所有人都朝你看了。”

梢子当时过于拼命，完全没意识到，现在脸一下子变得通红。

“拜托你别说了……”她双手掩面，害羞得不得了。直树慌忙打圆场。

“不是的，我不是想嘲笑你！一想到有高见小姐这样温柔的书店店员，我就很高兴。”

从那以后，每个月来店里跑业务时，直树都会和梢子打声招呼。聊到喜欢的作家，听到梢子还没有读过时，下次再来的话就会特地带上那本书借给梢子。这么远的距离互相借书真是一点效率都没有，才让梢子有了特殊的想法。

都过了二十五岁了，这种交往方式也太健康了吧。不，也许对在东京的出版社工作的人来说是理所当然的，他们仅仅是熟人而已，可对梢子来说，这却是从未有过的体验。

别得意忘形，不要过于欣喜。要是之后发现是误会，受伤的只会是自己，因为自己根本不可能被人喜欢。

虽然这样告诫着自己，但是期待无法抑制地不断膨胀。

接着，梢子只要想到他，就刻意不想让他见到自己令人讨厌的一面。即使是不小心，梢子也不想让他知道自己是会对别人说“你真没用”的那种人。

越是喜欢他，也就越奇怪梓沙是如何向男朋友说出希望对方无条件爱自己这样的话。

“目前为止，好像还没有人来书店找过你妹妹。”

英子打来电话的时候，梢子刚洗完澡，在房间里吹着头发。平常梢子都是在浴室里吹，因为不想让母亲有机会找她说话，便拿着吹风机回到了自己房间。

用毛巾再一次把半干的头发包起来，把身体裹进毛毯里，梢子才把手机放到耳边。空调依旧没有打扫过，这是最快的取暖方法。

洗澡的时候原本想着要不要一起洗一下滤网，结果还是放着不管了。感觉这就像是某种祈祷，希望自己不用在这里继续逗留下去。

希望梓沙的意识可以尽早恢复。

“谢谢，你已经帮我问了啊。”

英子并没有回应她的道谢，只是迅速问道：“我可以把你的联系方式告诉饭岛小姐吗？”

“饭岛小姐？可以啊。怎么了？”

“她辞职之后完全没有再联系过我，所以我主动打电话过去，和她讲了你回来的事和你妹妹的事，结果她说有件事非得告诉你不可。”

饭岛小姐是不是知道些什么？梢子努力压抑心中的急躁。

“我知道了，谢谢你。请你告诉她，随时都可以联系我。”

“好。”英子回答，一瞬间陷入沉默。

“……大家，每天还是在正常工作呢。”她低声说。

“你的妹妹都成那样了，还是在正常工作。”

“……嗯，没办法，工作嘛。”梢子说。

英子高声喊道：“啊啊啊！真是的！就算不想去思考还是忍不住会想啊，要是自己遇到这样的事，周围人会有什么样的反应！”

梢子能理解英子的烦躁，她本来就是认真的人，所以对别人也很严格。

“就算自己不在，店里也会正常运转。就像一开始就没有这个人一样，正常运转。还有啊，你妹妹的意识还没恢复，就已经在招新的兼职了。”

她突然哽咽，梢子的喉咙也同时缩紧，感到呼吸一阵困难。

“这话由我来说很可笑吧。因为都怪我，你妹妹才会变成这样。”

“到底怎么回事还什么都不知道呢。”梢子努力挤出声音。事实怎么样确实还不清楚。

“我以为就算这样对待她，那孩子肯定也不会在意的。结果我还是太天真了，觉得她看起来很开朗，稍微严厉一些也没关系。”

这还是英子第一次主动暴露出自己的软弱。梢子知道英子很脆弱，所以才总是虚张声势。但这是她第一次见到英子自责到这种程度。

“……我能理解你结婚后就辞职的心情。总归是想到真正关心自己的人的身边嘛。但总觉得，好空虚啊。”

“嗯。”梢子点头，她回想起向店长报告要结婚的时候。空虚。正是如此。只因为是女人就无法得到恰当的评价，这会让人想大喊：“难道是无法放弃这一身份的我们有错吗？”

突然感觉一阵寒冷袭来，梢子将松开的毛巾再次裹紧。卷在头上的湿毛巾像是在不断地夺走体温。

该说点什么好呢，梢子斟酌着语句。她没法说加油，也没法说出总有一天会得到回报这种话。因为这种话很不负责任，梢子从没有看到过类似的希望。

犹豫到最后。

“……总觉得，人生真是艰难呢。”

她把真心所想的事情说出了口。不是要怪谁，只是单纯地说出事实，这样大概能被接受吧。

英子轻轻咳嗽了一声后说：“真的就是这样，但是最让人生气的，是什么也做不好的自己。”

“……我懂。”

这是梢子第一次和英子在对话中承认了彼此的软弱。没有怪罪别人，归咎于自己，虽然很艰难，但也有种豁然开朗的感觉，至少和以前怪罪到别人身上的自己相比，没有了罪恶感。

梢子不想再通过树立敌人来建立同伴意识了。她和英子的关系，一开始也是建立在共同喜欢的事物上的。

梢子想起现在放在东京家里的那本书。

“之前见面的时候你说过吧，如果不是这么喜欢书，也许工作起来会更轻松。”

听梢子提到这个，英子回答说：“是啊。”

“不过啊，我会想和英子多说说话，不也是因为有喜欢的书嘛。”

那是梢子刚入职不久，检查新书状态时发生的事。打开纸箱的瞬间，最爱的作家的书闯入视线，她都忘记了自己正在工作，情不自禁地翻开了封面。

“高见小姐。”

从旁边传来声音，她回过神来。英子正看着这里，梢子害怕被骂，缩起了身子。

不管怎么说，开店前的这段时间是相当忙碌的。要对杂志进行检查、附上赠品，要对新书检查分类，还要将客人预订的商品和摆上书架的商品分开，放在特别保留的位置。这些事情都要在一个小时内完成，根本没有可以发呆的时间。不过，英子却说："高见小姐也喜欢吗？"

她以很平静的口吻问道，让人感到些许冷淡。但当时的梢子还从未与她进行过比较私人的谈话，所以既惊讶又有些开心。因为进入公司以来，她一直觉得英子是个非常能干的人。

没有多余的行为，工作非常细心且很迅速，能感觉到店长也非常依赖她。梢子当时也想变成那样。

"喜欢，非常喜欢。"梢子回答。

"今天买？"

"买，绝对要买。"

梢子用力点了点头，随后英子从纸箱里取出了两本书。

"那，就把我和高见小姐的份儿先留起来吧。"

接着便拿着书，快步走向了收银台后侧的顾客订单预留区。

"有这件事？我不记得了。"英子语气冷淡地一笔带过。但和她相处多年，梢子知道她只是在掩饰害羞。

"我知道英子也好，饭岛小姐也好，还有其他长年在书店里工作的大家，都是很喜欢书和书店的。虽然并没有聊很多，但是那种认真面对工作的氛围，无疑是英子你们创造出来的。”

说着说着梢子也发现了，自己的一部分也是由他们制造出来的。至少，在那六年时间里，梢子拼命努力过了，这一点她可以自豪地说出口。

“总之，”英子边吸着鼻子边转移了话题，“我会把你的联系方式告诉饭岛小姐的，那就先这样。”

梢子还没来得及把谢谢说完，电话就被挂断了。今天真是在彼此面前暴露太多软弱面了。

放下手机，拿起吹风机，解开毛巾。时间太久，头发都被压出了痕迹。梢子一边梳开头发，一边吹风，结在一起的头发开始温热，慢慢变得柔顺飘逸起来。

“高见小姐。”

走进休息室的男性用旧姓喊着梢子，她抬起了头。

映入眼帘的是满是疲惫的一张脸，明明是张熟悉的面孔，梢子一时间却想不起来这到底是谁。

啊……她终于想起来了，是书店的副店长。梢子不禁苦笑，自己还真是薄情呢。虽说现在是在书店外见面，但至少在半年以前还每天在一起工作，她竟然没有认出来。

“田中店长，请问怎么了吗？”

副店长田中彬人微笑着，眼角堆起了皱纹，说他是来看望妹妹的。这时梢子才注意到，原来店长脸上多了一副之前没有的眼镜，难怪自己一时没认出他。闪烁着玳瑁光泽的镜框框住了他的眼睛，使他的表情变得温和。

“很抱歉，让你费心了。店里现在应该很忙吧？”

“是啊，真的很忙。我其实根本没空跑到这种地方来。”

田中的这句话让梢子倒吸一口气，但他忽然改变神色，打起了圆场。

“哎呀，我也是开玩笑。怎么说也是在店里办跨年聚会的时候遭遇的意外，再忙我也得来探望一下。”

梢子边说“不好意思”，边鞠躬致意，忍住了苦笑。这副模样实在是太有他的风格了：口吻轻率，又因为害怕加上一句保险的话，虽然态度柔和，但这绝非出于温柔。

“这个拿给你家里人吃吧。”

梢子收下他递出的纸袋，白色袋子上印有深褐色的商标。熟悉的设计让梢子觉得分外怀念，这是当地一直以来都很受欢迎的饼干。

“谢谢你，我家里人都喜欢这个。”梢子道谢。

“啊，这个，是休息的时候拜托关小姐买来的。我根本不知道女孩子喜欢吃什么点心嘛。”他笑着说。

原来是里美选的，这就不奇怪了。她们之前聊过这个点心，它虽然不是什么豪华品牌，但一吃起来就停不下来。里美竟然还记得这件事，光是这样就让梢子感到很开心了。

可是听到里美是在休息的时候被副店长要求去买这些东西时，一种难以言说的心情静静扩散开来。

就算里美人再好，再怎么肯帮别人的忙，也不应该在工作以外的时间拜托她做事吧。

“……这种事情，我觉得问高见小姐好像也不太合适。”

田中重新戴好眼镜，看向这边。他直直盯着梢子说话的样子，完全察觉不出异状。

“总公司交代，要我查查你妹妹有没有受到职场霸凌或是职权骚扰。你有听说过什么吗？”

梢子的心猛地一跳。

“……请问，是有类似的传闻吗？”梢子问，田中慌忙摆手。

“没有没有，不是啦。他们就是想看看有没有这种可能性而已。哎呀，听说有其他分店的兼职员工辞职后，告上法院说有正式员工歧视孕妇，所以总公司也变得很敏感。”

“……是这样啊。”

田中懊丧地说着“真是伤脑筋”，不过梢子并没有跟他产生共鸣。

想说伤脑筋的应该是那名上诉的女性吧。虽然不清楚具体情况，不过总公司真的很难说体贴职业女性。兼职的主妇确实比较容易排休。不过这只是因为不这么做的话员工有可能会离职而已，并不是充分考虑到员工的状况而做出的安排。既然上级如此，下属有类似的想法也不奇怪，真是令人悲哀。

“对于排班的人来说，肯定是喜欢请假风险低的人啦。要是有孩子的话，动不动就要请假，会挤压到别人的工作安排，让大家都很紧张，工作环境也会变差。所以呢，单身的人、没小孩的人、不怎么要求休息的人比较好用吧。不过，不管怎么样，女性反正只要一结婚就会辞职的。”

不是公司逼着员工辞职吗！梢子这句反驳差点脱口而出。一想到在此之前，只要结婚就会不由分说遭到辞退的女性员工，梢子心中的怒气便不断膨胀。

梢子也切实感受到，现在在田中眼里，自己肯定也已经被分类到了不好用的人那一类之中了。

“不过吧，单身的人也不是全部都能派上用场。”

“欸？”

看到梢子的反应，田中让她看了看身边的纸袋，和刚才他送给梢子的一样。

“高见小姐辞职之后，再进来的正式员工真的很没用啊。我待会儿还得去帮忙处理他的投诉问题。他自己估计也挺害怕投诉的，搞砸了以后就一直无故旷工……唉，有用没用的，说到底还是得看个人啊。”

真是一团糟啊，梢子的脸色僵硬。她不指望自己说了对方就能理解，但是，她一定要说。

“……我想，大家工作前其实已经考虑了很多的。”

听见梢子这么说，田中睁大眼睛发出一声：“欸？”。

“那些来兼职的家庭主妇也不是随便就突然请假的。明明不是上班时间，却要牺牲自己的休息时间去帮忙买探望的礼物，这些事情不也会让她们无可奈何吗？那些帮忙负担工作的单身员工也能理解。但当工作挤在一起时，大家肯定还是会一边苦恼到底该怎么办一边继续工作的……说什么有用没用的……”

梢子深深地叹了一口气，说出口后怒气更加蓬勃，她的声音都有些颤抖。

“员工也是有感情的人类，不是为了店里工作的机器。”

田中吞了吞口水僵在原地。他看起来相当不满，但也并非完全没有听懂梢子说的话。

梢子认为，那个时候不合理的事情果然太多了。就拿带薪休假来说好了。本来非正式员工应该也能申请带薪休假的，因为法律就是这么规定的。然而实际上却不是这样。没有一个兼职员工能申请带薪休假，甚至连正式员工也没有申请的。

那是来自上级的压力。社会上有多少人敢与之对抗呢？对抗后又能有什么改变呢？

就算田中是店里的二把手，但在他上面不知道还有多少人握有比他更大的决定权。有人就是因为强势地向上级提出意见，结果在人事调整上遭到了不合理的对待。

店长也好，副店长也好，他们都是有家人的。为了保护家人而无法做正确的事，也不能单单只是苛责他们。

他们只不过是将带来的后果全部推给下属承担，把问题从弱势的一方，传给更弱势的一方。

面对着呆愣愣的田中，梢子鞠躬说："感谢你今天特意跑一趟。"

她希望他能够尽快从这里消失。

"我也会帮忙调查妹妹身上发生的事，如果知道了什么会再联系你的。"

"啊，不是。"田中嘴里甚至都说不出成句的话来了，一副不知所措的模样。梢子不知道他是不是有了什么头绪，也许他只是在担心要是自己被告了该怎么办吧。

"我先走了。"梢子说完离开了休息室。她无处可去，虽然天气寒冷，但她决定去中庭绕一圈发泄这股怒气。

来到中庭，她大口呼吸着。肺部瞬间变得冰凉，泪水涌上了眼眶，五官好似都挤向了中间，拼命想要忍住眼泪。

我这不是也挺能说的嘛。

虽然比看人脸色一味迎合花费了更多体力，但也因此不用讨厌自己了。

梢子在中庭绕了一圈，又回到了住院大楼，对田中的情绪已经宛如潮水退却般平静了下来。

梢子隔着 ICU 的玻璃窗注视着梓沙。

虽然一切还不明了，但梢子还是无法阻止自己去思考，妹妹也许是什么事情的牺牲者。

如果从上游流往下游的水中混入了工厂的废水，会怎么样？污染物会不停向下流去，最后累积在流水的终点，再也无处可去。这里的水想要恢复到原本澄澈的状态，又要花费多少时间呢？

也有人会指责，这都怪下游不知道将水推回上游。于是不悦和责任都只会不停地向下层推诿。

梢子想做的事，就跟过滤废水类似。追逐向下游流去的污染物，挣扎着想要清理掉它们。

也许会很难，但梢子已经不会再想着放弃了。

梢子在自己房间沉思时，一楼传来母亲的怒吼。不知发生什么事情的梢子冲出房门下了楼，只见父亲和母亲都站在玄关处。

“爸，怎么了吗？梓沙那儿出什么问题了吗？”

梢子向弯腰脱鞋的父亲询问，回答的是母亲。

“他说他累了，所以就回来了。你敢相信吗？”

母亲歇斯底里的声音很吵。梢子吐出一口气，维持住平常心。无言地站在玄关的父亲的侧脸确实很苍白，看起来一点也不健康。

“要吃点什么吗？”梢子问。

“不用了，我要睡一会儿。”父亲说着，便想朝卧室走去。

“那你就不管梓沙了吗？！”

母亲的叫声就像小孩子的号哭。梢子回头，看到母亲涨红着脸抬头瞪着父亲。

“……什么叫不管了。我就算待在医院里也什么都做不了吧。”父亲似乎是刻意叹了一口气，丢下这句话。

梢子突然发现——这次回来后，还是第一次看到父母两人单独对话。

他们俩，到底是从什么时候开始不再交流了呢？

“你总是、总是这样逃避责任！”

“我什么时候逃避责任了？！”

看着语气激动的父亲，梢子冷静地想到“啊，他这是被戳到痛处了”。梢子觉得父母的争吵越是激烈，自己就越冷静。

“你不是一直在逃避吗？梢子刚出生的时候就是！梓沙刚出生的时候也是！”母亲唾沫横飞，不知是没有发现还是毫不在意，她直直地盯着父亲继续说着。梢子盯着落在地板上的唾沫，逃避着现实。

“梢子刚生下来的时候，还记得你和婆婆说了什么吗？你们说女孩子的鼻子塌成这样不好看，要是以后嫁不出去该怎么办啊！”

父亲哼地笑了一声：“你这讲的都是什么时候的事了。”在父亲冷淡的语调中，梢子抬起了头，只觉得他只是个长得像父亲的陌生男子。

“所以，为了让梢子能够独立，我让她努力念书！想让她一个人也能活下去！梓沙刚出生的时候也是！只是发育得稍微比其他孩子慢了一点，你就整天说着‘这孩子该不会有什么障碍吧’。这种话让我多担惊受怕！所以我才会想要把她养成一个只靠美貌就能活下去的孩子啊！

“你说这到底有什么错！还不是因为你什么都不为我们做！”

母亲大声尖叫着，膝盖一软，失去力气般跪在了地上。唾沫弄脏了她的裤子，梢子居然担心起这种无关紧要的事情。

不应该关注这个的，母亲刚才说了什么？

母亲说的那些话，梢子都是第一次听到。她根本没有想过，为什么母亲要让自己努力学习，让梓沙从事演艺工作——原来是希望女儿们能够独立啊。

梢子内心一阵动摇，没能把话说出口。本以为母亲是个自私的人，现在看来却并非如此。

“你可别逗我了。”父亲再次嗤之以鼻。

“你自己都没能独立，还在那说什么大话。”

听到这让人心中一跳的话，梢子没能发出声音。母亲也突然陷入沉默，她连父亲的脸也没法看，低着头僵在了地板上。

“你才是在逃避吧。你很讨厌我妈和我姐吧。”

“是你妈妈她们讨厌我吧。”母亲依旧低着头。

“我妈只是说希望你能像普通人一样，至少家务要干好而已吧！”

梢子突然喊了声“爸”，想要打断他的话，但是父亲仿佛忘记了梢子的存在，看也不看她一眼。

“要是相亲的时候我没看上你，谁知道你现在会怎么样！本来就没工作，你倒是说说看，你要怎么吃上饭！我赚钱养你，也只是说句让你好歹把家务和育儿的事做好啊！”

母亲已经一句话也说不出来了。她浑身无力，瘫坐在地板上，像一个小孩儿，又好似一名老妇人。

“我已经累了！梓沙也好你也好，想怎么样就怎么样吧！”

父亲不再看母亲一眼，径直前往卧室关上了门，没发出一丝声音。

该跟母亲说些什么好呢？梢子对自己有这样的想法吃了一惊。不久前连母亲的脸也不想看到，只知道躲进自己房间，现在却竟然没法放着母亲不管了。

“……我们去梓沙那儿吧。”

梢子说完，母亲猛地抬起头，她的脸上明显带有泪痕。

“我们去医院吧，妈妈在的话，梓沙也会高兴的。”

梢子说谎了。她不觉得妹妹会高兴。这只是为了安慰母亲而未经思考说出的话。只不过这次与以往不同，并不是为了讨母亲开心，而是想让她重新打起精神来。

“我去换身衣服，妈妈也准备下吧。”

梢子没等母亲回答就上了楼梯。

两人一起走到大马路上，拦下一辆出租车。她们坐到后座，梢子感觉母亲变得好瘦小。母亲以前就有这么驼背吗?梢子努力回想，但是没有任何记忆。光是这一点就让梢子发现她其实一直在逃避着母亲。

只不过，明明是匆忙离家，母亲却一丝不苟地把一头黑发束在脑后，仔细地涂好了橘色口红，真是很有母亲的作风。不管什么时候，她都非常在意外人的目光。

母亲化妆，比起喜爱，给人的感觉更像是一种义务。要是不这么做的话，不知道会被别人怎么说。是为了不被批判而化的妆，仅此而已。

去往医院的路上，母女俩完全没有对话。只是，梢子已经没了以往那种面对母亲时会有的紧张感。虚张声势的母亲失去了所有的铠甲，现在正一丝不挂。面对这样毫无防备的对手，谁也不会想着做好随时攻击的准备。

推她一把的是……

到达医院，梢子付完车费后下车。一声不吭跟在身后的母亲，好像变成了自己的女儿。

穿着大衣在ICU门口坐下。医院的走廊好似光线无法抵达的深海一样安静，连脑中也变得沉静、安稳。

“……你认字真的很快，我记得很清楚。”母亲突然开口说出这句话。梢子转头一看，母亲正以满脸柔和的表情望着半空中，仿佛年幼的梢子就在她视线的前方。

“……是吗？我不太记得了。”

她没有母亲口中身为优秀的孩子的记忆，有的只是买来一堆幼儿练习册的母亲和她总是满脸怒气地站在梢子背后监督梢子的样子。

“你还在肚子里的时候，我就一直给你读绘本听了。书是从图书馆借来的，毕竟绘本价格不便宜啊。所以呢，我就去图书馆借了。”

母亲的语气沉浸在幸福之中，仿佛正置身于别处。

“看到你开始对绘本感兴趣的时候，我就觉得自己果然做得没错。这样一来你就没问题了，我确信这孩子可以好好活下去了。当时我可自豪了……觉得你不用变成和我一样的人。”

母亲的表情阴沉下来。梢子吓了一跳，这还是她第一次听见母亲说这种贬低自己的话。

“……像妈妈一样的人是什么意思？”

“……妈妈和平常的人有点不一样吧。”

突如其来的话让梢子喉咙发紧。

“从小周围人就一直说我和正常人不一样。怎么就不能理解其他孩子的心情呢？怎么就那么不机灵呢？明明是个女孩子，怎么脑子就那么不灵活呢？怎么连房间都没法整理干净？这样下去你可是没法在社会上存活下去的……可是无论被说多少次，我还是没办法做到父母要求的那样。”

“到底是怎么回事呢？”面对自嘲发笑的母亲，梢子没法说话。

“我和你爸是通过相亲认识的……我的父母担心我一个人活不下去，高中毕业后就有人来说媒了。看了照片我也完全没感觉，只觉得这个人的面孔好模糊哦。”

梢子至今不曾详细听过父母相识的过程。“原来是这样啊。”梢子附和说。

“……为什么，决定和爸爸结婚了呢？”

梢子觉得疑惑，开口问母亲。她不觉得父母两人有相同的兴趣，也不觉得他们两人合得来。一直到现在，梢子也不曾见过两人感情要好、和睦相处的样子。

“因为我觉得靠自己一个人活不下去。”

母亲直截了当地说出了这句话，一张认真的侧脸，在梢子眼中美丽得令人恐惧。

“……欸？”梢子皱起眉头。

“因为我没有独立生存的能力。事到如今，他可能会说我在利用他吧。”

梢子的手腕上“唰”的一下冒出了鸡皮疙瘩，不是因为对母亲的言行感到恐惧，而是对精准地理解了这句话意义的自己感到惊讶。

“你觉得妈妈做错了吗？”

被母亲询问的梢子思考了一番，接着明确回答道：“没有做错。”

梢子没有说谎。这不是为了讨母亲开心，也不是为了安慰母亲，梢子现在说的是真心话。

母亲看向梢子。来到医院后，这是她第一次抬起头。她的脸上露出了惊讶的神情。

“……毕竟，不管是什么人，都得要活下去才行嘛。为了活下去，不管选择了什么，我觉得外人都没有资格指指点点。”

母亲的眼中瞬间溢满了泪水，低下头想要掩饰泪水的样子，给人感觉像梓沙一样年幼。

“我去一下洗手间。”梢子说完后站起身，母亲带着哭腔回答“注意安全”。虽然有些担心，但梢子没有回头，因为她觉得自己可能会说些多余的话。

走进楼梯边的洗手间里，感应灯有了反应，自动亮了起来。眼前的镜子里映照出一张脸庞，有一瞬间，看上去像是梓沙。

但仔细盯着自己的脸观察一番后，又觉得和母亲一模一样了。母亲对自己的外貌也这么自卑，两人果然有相似的地方。说我们是家人肯定不会有人怀疑。说自己“不是正常人”的母亲，至今到底被多少人这样说过？说这种话的人肯定不怀好意，大概是为了告诉母亲她不如别人吧。

如果说母亲的极端教育是为了让女儿们能够独立，因此不管用多么异样的方式都觉得开心，到最后连自己也搞不清楚自己了。现在梓沙陷入不知道能否恢复意识的状态，有可能就源于此。

即便如此，梢子的心中已不再有想责备母亲的心情了，因为她自己也深切理解了母亲的心情。

在和直树互相借着书保持暧昧关系时，梓沙则是不停换着兼职。梓沙大多时间是窝在家里，而不是出去打工。不过家里人都觉得，只要她还能活着就好。曾经见到过她差点死去的样子，自然就产生了这种想法。

可是，人类是习惯得很快的生物。

她差不多也该冷静下来了吧。

她的痛苦也该消退了吧。

已经给她足够的时间了吧。

本来应该感谢梓沙还能够活着待在家里，但渐渐又开始不满足于此。梢子始终没有去直面“为什么会这样”这一根本问题。

没想到，给出回答的人竟是母亲。

在不知道辞掉了第几份兼职后，梓沙开始把自己关在房间里。这天父亲在上班，梢子书店轮休，和母亲一起在客厅吃午饭。母亲做的炒饭有许多结块，就算说些客套话也绝对谈不上好吃。自己做肯定好吃很多，但是母亲拒绝让梢子进厨房，所以梢子也放弃了提意见。

桌子上还放着留给梓沙的炒饭。等到家人离开客厅，梓沙应该会悄悄从楼上下来，把炒饭拿回自己房间吃吧。每次见到大家为梓沙准备什么东西时，梢子的心中就好像有一根小刺在扎。不过她往往装作毫不在意，将这点伤痛糊弄过去。

母亲明明刚开始用餐，却将勺子往盘子上一放，向梢子搭话：“那个……要是梓沙一直这么下去……”

这种事就算想了也没用，听到母亲说出这种话，梢子只觉得很不耐烦，但是梢子仍然回问：“这么下去怎么样？”

“等我们死了以后，你也要继续照顾她啊，因为你是姐姐啊。”

听到母亲这句话的瞬间，梢子才意识到自己到底在恐惧什么，到底想要遮掩什么，随即对着这份恐惧忍不住浑身颤抖。

这样下去，自己如果不结婚的话，没准就得一直留在家里照顾妹妹，就这么结束自己的一生。

而自己的母亲正期望着此事，漠不关心的父亲也理所当然有着相同想法。

所以又要无视我的意见吗？你们把我的人生当成什么啊？

恐惧感过去后，愤怒随之涌了上来。梢子并不是不宠爱妹妹，但是一种无端的、好似怨恨的情绪快要喷涌而出。

梢子含糊地露出一个笑脸，没有给出明确的答复，说了一句“我吃好了”，把盘子放到洗碗池。她知道自己转身背向母亲的瞬间，脸颊就开始抽搐。

梢子脑中不停思考着有没有逃避的方法。

就算说自己要一个人出去住，母亲肯定也不会允许的。明明去上班也很方便，有什么必要离开家吗？梢子眼前浮现出母亲这么说的样子。

有没有什么非离家不可的理由？

接着她意识到——只要结婚就好了。

如果能找一个离老家很远的人结婚那就更好了。只要在物理上拉开距离，就不会再扯上过多的关系。

直树是最合适的对象。

毋庸置疑，她对直树抱有好感，而且也没有其他喜欢的人，并且她的确想和直树的关系变得更亲近。但是这无法成为她主动展开行动的原动力，她总是很被动，甚至没约他一起吃过饭。

而那一晚梢子却给直树发了短信，因为已经知道他下一次来店里的日子，所以梢子问他晚上要不要一起去吃饭。梢子没有害怕被拒绝，她更害怕的是就这样停滞不前。

直树稍微有些惊讶，但很爽快地答应了。梢子怕在车站附近会被店里人看到，所以选了一家稍微远些的店。而那家店也在之后成了他们两人悄悄一起吃饭的秘密地点。

和直树相处时，梢子既有想和他同居的心情，也一直抱有想要离开家的想法。

带我离开这里。

梢子现在觉得，自己太过依赖别人了。但当时除了这个方法，没有别的解决之策。

直树开口说想和她交往时，已经过了两年的时光。梢子不曾向任何人提及这件事，因为不知道会从哪里流出消息被母亲知道，怕被她阻挠。这都是为了离开那个家，无论如何也不能破坏这个计划。

所以当直树求婚时，梢子心中有着难以言表的喜悦与解放感。

我被人选择了，这样一来就没问题了。

但真的结婚开始一起生活后，梢子才察觉到自己心中强烈的罪恶感。

早上送别丈夫，公寓里只剩下一个人，她便突然失去了所有的感情，只是虚度时光。到了下午终于开始有心情做家务，拼命赶在丈夫下班前完成。

在这度过的时间里，脑中总是回想着“自己是不是利用了直树”这个疑问。丈夫越是温柔，越是能干，梢子越是无法抑制地觉得自己是个卑劣的女人。

因此刚才母亲说出自己和父亲结婚是为了“利用”他之后，梢子才会想“自己果然是妈妈的女儿啊”。

这不是在重复着一样的事情嘛。

梢子盯着镜中的自己，她见到的是一个怯懦的女人在回望着她。自己真的做了这么糟糕的事情吗？她自问自答。

“那，你能告诉丈夫吗？告诉他你是因为想离开家所以才和他结婚的。”

“我不想说。”梢子摇了摇头，接着反驳道，“不是这样的，我是真心喜欢直树啊。”

“那你为什么看到如此虚弱的丈夫，却没有对他温柔以待？”

听到这个疑问，梢子只能沉默。

“到头来，你只是关心自己而已。”

“性格真差劲。”梢子真想要痛骂自己，可是——“想要离开那个家，喜欢直树，这两种情绪都是真心的，我并不是只拥有一种心情。”

梢子如此反驳后，脑中的自己也不再说话了。

梢子和母亲一整晚都坐在沙发上，一起迎来了早晨。梓沙的意识仍旧没有恢复。

在医院门口坐上出租车，她们回了家。朝阳透过车窗，刺痛红肿的眼睛。

在筋疲力尽的梢子身旁，母亲的背比来医院时挺得更直。也许她自己也很在意一直没去医院看望梓沙这件事。母亲大概也在用自己的方式努力接受梓沙现在的状态。

回到家，母亲便说要去洗澡，走向了浴室。梢子在客厅沙发上坐下，正发着呆，父亲仿佛算准了时机似的出现了。

“你妈妈在洗澡吗？”

“是的。”梢子点头。

“爸爸现在就去医院……对不起。”

父亲只留下这句话就关上了门。

汽车引擎的声音响起，父亲出门了。淋浴的声音也停了下来，母亲似乎回卧室去了。

梢子在沙发上躺下来，闭上了眼睛。

外面传来小孩子喧闹的声音，又仿佛听到有成年男女的声音，似乎追在小孩子身后。是小孩的父母吧，听起来真开心啊。

想让沉重的大脑重新清醒，却没能成功。有太多事情要考虑，有太多事情不得不去做，但是就算强行让自己清醒起来，好像也什么都做不了。

半梦半醒之间，梢子听到了手机振动的声音。一定是饭岛瑞希小姐，梢子迷迷糊糊地想着，但是还没来得及确认就睡着了。

和瑞希约好了在车站大楼的书店门口碰面。梢子上午去了医院，傍晚便直接前往车站。

前一天去医院和父亲换班的是母亲。梢子担心母亲连续两天半夜起床会撑不住。不过，她意识到母亲也许是不想和父亲一起待在家里，便顺从了。

1 月已经过去了四天，新年的气氛越来越淡。擦肩而过的路人们聊的也都是下周即将开始的学校和工作的话题。

梢子本来觉得在书店门口有些显眼，但还是不知不觉间被吸引到了店里。虽然只是一家小卖部大小的书店，但打理得十分干净整洁，那些话题高的作品店内应有尽有。只要进来，肯定能买到想看的畅销作品，这家店就是让人如此信赖。

梢子正在看新出的文库本时，从书店门前经过的瑞希闯进她的视野。

“饭岛小姐。”

梢子微微抬手和她打招呼。她注意到了梢子，轻轻点点头。梢子把手中的文库本放回书架，走出书店。

“谢谢你特地过来。最近还好吗？”

“还行吧。”瑞希回答，表情僵硬。梢子略受打击，瑞希以前是个表情更加柔和的人。

梢子心想，果然，因为没有直接告知她结婚的事所以心里有疙瘩吗？

“……对不起啊，我有点累。”瑞希加上了这句话。

“新的工作，很忙吗？”

梢子一问，瑞希的表情更阴沉了。

“我们去店里再聊吧。”

梢子点点头，跟在迈出脚步的瑞希身后，搭上了扶梯。她们要去顶层的美食街。梢子呆呆地望着一言不发的瑞希的背影，感觉好像是第一次看到她静静不动的样子。

她还从没有私下和瑞希一起出来过，不过她们常常在书店所在的购物中心里一起行动：一起到休息室，一起参加防灾演练，在早上一起打扫……

大概是因为瑞希从开业就一直在书店里工作，所以店长对她很是信任，经常让她参加商场主办的活动。梢子也经常被选出来和她组合，那时聊了很多。

瑞希和英子一样，总是动作利落——不对，应该说英子是受到瑞希的影响吧，在店里营造出严肃紧张气氛的，无疑是瑞希。

这样的瑞希，在坐扶梯时会说着“对不起，我没办法站着不动”而往上跑。精力满满的她，总是带着整家店往前冲。

而现在，她却静静站在那里。

出了什么事吗？梢子心想，但是她想不到原因。

瑞希选择的店面不是最近流行的风格，而是一家颇具怀旧风情的咖啡店。

深褐色的地板和桌子创造出了舒适宁静的空间。虽然是第一次来这家店，却让人觉得很舒服。

“这里的蛋包饭很好吃，用的不是多蜜酱而是番茄酱，满满都是过去的味道。蛋也不是软乎乎的溏心蛋，而是煎得薄薄的蛋皮。”

瑞希翻开菜单递给梢子，好像已经决定好了要点什么，连菜单也没看。

这样啊，梢子点点头，翻看菜单。那不勒斯意面、红酒炖牛肉、鸡蛋三明治等，每张照片都看起来很诱人。不过，她没有忘了瑞希的推荐。

“我要一份蛋包饭套餐吧。”

瑞希叫来店员，点了两份蛋包饭套餐。

进到这家店后，瑞希周身的氛围似乎略微柔和了下来。梢子伸手拿来冰水，润了润喉咙，问她：“你常来这家店吗？”

“……从小时候起，就经常全家人一起来这家店；每次有什么值得庆祝的事，就一定会来这里。”

“真是家不错的店，有种接纳所有人的感觉。你最近也常来吗？”

瑞希的脸色突然变得阴沉。

“……最近都没有来。”

她也伸手拿冰水，没有再继续说下去。

“……英子告诉我说，饭岛小姐你辞职了，还有很多人也辞职了。我到店里一看，大家看起来果然都很忙。”

瑞希“哈”一声抬起了头。

“你去店里了？”

梢子担心自己是不是说了什么不该说的话，回答说：“是的。”

“店里怎么样？”瑞希直直盯着梢子的眼睛问。

“……看上去忙不过来，货架上也空缺不少，店里应该挺伤脑筋的。”

瑞希“哼”的一声笑了。梢子还以为自己看错了，但瑞希真的在笑。

“活该。”

梢子不敢相信这是谨言慎行的瑞希口中说出的话，以为自己听错了，但她确实不屑地说出了口。梢子不知道该说什么，陷入了沉默。

瑞希继续说道：“我希望店里越伤脑筋越好。听说我辞职后，有很多人跟着辞职了。”

“……你希望谁伤脑筋吗？”梢子总算问出了口。瑞希一瞬间视线游移后，默默说：“……希望是谁呢？”

接着陷入了沉默。

梢子没法看瑞希的脸，只好盯着她的手，放在桌上的两只手紧握成拳。梢子毫无必要地担心，这样指甲会嵌进肉里的。

“……应该是希望那些轻视店员的正式职工们伤脑筋吧。真希望这些被他们轻视的店员们离开后，他们能感受到大家有多重要。希望他们发觉，现在才知道伤脑筋，已经太迟了。”

“是发生什么事了吗？你为什么要辞职呢……”

瑞希的右眼眼睑突然抽搐一下，皮肤白皙的她眼球泛着红。梢子担心她可能是睡眠不足。

空气中飘来黄油的甘甜香气，背后已经有店员端来了蛋包饭。桌上的餐盘上盛着蛋包饭和沙拉，一旁则放着一杯红茶。

食物的热气扑上脸颊，兴许是泪腺变得发达了吧，只是这样就觉得眼眶湿润。

“……我觉得店里一点也不重视我，所以就辞职了。”瑞希把勺子递给梢子说。

“店长跟我说，女人不管再怎么努力工作，也不可能从合同工转成正式工的。她们会突然结婚，然后辞职，还要休产假，很难调动工作，所以不会转成正式工。还跟我说，既然那么想变成正式工，应该在大学毕业的时候就应聘的……明明现在合同工的招聘启事上有写着转为正式工的制度啊。既然如此，就应该把女性不适用写上去。”

“反正说了也什么都改变不了，所以我没说。”瑞希补充说。

“我也对英子说了，让她赶紧放弃这份工作比较好……

“要换工作的话，还是趁着年轻更有利……像我一样过了四十岁，因为年龄限制，连面试的机会也没有。”

桌上的蛋包饭渐渐变凉，但她完全不想动。

“和同龄的朋友们一讲，她们都笑着说那是当然的啊。还说我待在老家，做着非正式工作享受人生，现在就算吃了苦头也不能抱怨……我才没有轻松享乐呢。”

“是啊。”梢子点点头。

“我都不知道有多少年没有在周末和节假日休息过了。盂兰盆节也好，新年也好，黄金周也好，都是在店里上班。因为总得有人在店里干活，而我又总觉得比起旅游，还是在店里上班更开心。虽然很开心，但绝不轻松。”

一字一句中透露出她的不甘心。梢子也不知从什么时候开始，握紧了拳头。

“他们还对我说，你早就知道书店的薪水很低了吧。我根本没想过要超规格的薪水，但是因为是女性这种理由，就不给我应有的评价，真是太奇怪了吧。结果朋友还是说，都怪我没能尽早发现是这样的公司，所以还是我自己的问题……是我自己的责任。”

梢子迟迟不知道该说什么，感到十分急躁。她想要否定瑞希朋友说的每一句话，却想不出怎么说才能不伤害到她。

“……才不是你自己的责任。”梢子总算挤出了这句话。因为这太不正常了。如果瑞希辞职，就会有新人进来；如果也是名女性，就还是没法转成正职。虽说要对自己负责，感到不满那就辞职，但结果却是什么也没改变。不管是多么有能力的人，只要是女性，就不能得到晋升。这种制度一定是不正常的。

“……虽然我已经辞职好几个月了，但现在还是会梦到店长和副店长。”

梢子发现瑞希紧咬嘴唇，努力不让自己哭出来。

“在梦里，店长往我家打电话了。他边哭边恳求我说，饭岛小姐不在，店里都没法运转了，所以请你快回来吧。我呢，就说着真是没办法啊，要他约定我回去后就把我转成正式员工……这种事情，明明是不可能发生的。”

她自嘲着笑了笑，仿佛现在才发现似的伸手拿过红茶，用手掌把茶杯包在手中。

“我说要辞职的时候，你知道店长和副店长说了什么吗？”

瑞希突然盯着梢子的眼睛，让梢子有些不知所措。她摇了摇头。

“他们说能取代我的店员要多少有多少。”话一说完，瑞希的眼中就溢出泪水。

“能取代我的人要多少有多少……我心想，原来就是这样啊。我开始搞不清楚，一直以来我到底是为了什么这么努力。虽然出版社的业务员听到我辞职的消息都替我抱不平，鼓励我，但是对书店的上层来说，店员只是用完即弃的人而已。如果不是这样的话，都现在这个时代了，正式的女性员工结婚后也得辞职，这也太奇怪了吧。”

“不过对志田你说这种话也没什么用吧。”瑞希笑了。

已经辞职的人的新姓氏，瑞希也能脱口说出。梢子这才想起，田中副店长现在仍用旧姓称呼自己。

“……我也是。在要辞职的时候被店长说了。”梢子说。

瑞希抬起了头，梢子直视着她的眼睛：“不只是你。”

告诉她这件事会改变什么吗？梢子也不知道，但她不想因为没说出口而后悔。

“副店长对我说，要是东京有分店，你没准还能调过去工作呢。我正想着明明没有这种先例，但还是有些开心的，觉得自己被需要。但是，店长却说，高见小姐也不见得要在书店工作吧。”

梢子拉过红茶杯给自己暖手。她的面孔倒映在红茶上，眉毛下垂，梢子不禁苦笑，真是张可怜的脸。

“我喜欢书店，喜欢在那里工作，也觉得自己努力了。但是，嗯？他们没有感受到吗？这一切让人觉得很无力啊。”

因为觉得太丢脸，自己至今从未和任何人说过，她曾经有过这家店不能缺了自己的想法。然而高层却并没有这么想。

“我接着又觉得很不可思议，那店长到底是怎么想的呢？盂兰盆节、新年和黄金周都放弃休息来上班，没法申请带薪假期，也很难连休好几天，搬重书导致我得了腱鞘炎，要贴膏药才行，店长还笑着说‘这就是职业病啊’，这些日子他又是怎么想的……明明是因为喜欢书店才一直坚持下来的。”

梢子心想，大概员工不需要有情感吧，店里大概只需要那种淡漠的、完全不投入情感的、像机器人一样工作的人吧。喜欢书的心情只是多余的。如果这样的话，时薪更高的兼职到处都是。如果不是为了自己的坚持，便利店的工作时薪更高。即便如此，还是选择了书店，当然是因为对书店怀有特殊的感情啊。

“不过对已经辞职的我来说，这种话也没什么用就是了。”梢子像是要说给自己听似的如此说道。已经结束了，别回头，向前看。

把视线从杯子上抬起来，瑞希哭泣的脸庞闯入视线——梢子这才意识到她也是辞职的人。

“……饭岛小姐。”

“我完全没法往前走。”

瑞希和梢子几乎同时开口。

“我原本想着‘肯定有其他可以给自己正当评价的公司’才离的职。但现在都是在简历这一关就被刷掉了。别说被评价了，连工作都找不到……在书店工作的十五年实在太漫长了。”

瑞希轻轻叹了口气。

“从开业起我就在那家书店工作，看着那么多人进来又辞职，突然有一天，发现从开业起就在那儿工作的老员工只剩我一个了，而且我最近也没见过老顾客了……该不会没有变化的人只有我自己吧，我有些时候也会感觉害怕。”

瑞希的泪水滑过脸颊。梢子从包里拿出手帕递给她。

“对不起，谢谢你……但是啊，我果然还是喜欢那家店。”

瑞希接过手帕，自己擦着眼睛。

“可是，也是时候该接受现实了。”她虚弱地微微一笑，梢子也跟着点头，不停地点头。

蛋包饭虽然冷掉了，但正如瑞希所说，相当美味，是令人怀念的味道。母亲做的蛋包饭虽然没有那么漂亮，但也还是令人怀念。大概是泪腺失控了吧，只要稍一放松就会有眼泪溢出，不管怎么擦拭也止不住，脸颊痒痒的。

“我爸爸在你辞职后不久，就因为心脏病发作倒下了。”瑞希淡淡地说。

“这让我觉得，啊，父母不会永远年轻啊，事已至此，我得振作起来才行啊。当时正好公布了要举行合同工转正式员工考试的消息，所以我就告诉店长自己要考。他回答我说，‘女的不行，我明明是因为听说你要辞职了，所以想填补你的空缺来着。’”

瑞希的泪水已经止住了。

“……你爸爸还好吗？啊，怪不得有一段时间没和家里人一起来这家店了啊。”

她点点头。

“没事了。谢谢你……我爸病倒的时候，我跟店长请了几天假，结果他对我说‘女人要照顾长辈什么的，果然很不方便’。当时我虽然想‘为什么只是女人啊，男人也做一下啊’，但是，身为女性确实有很多不方便的地方。”

瑞希抬起了头。

“关于你妹妹的事。”提起这个话题，她的表情变得更加严肃。梢子说声“嗯”，点了点头。

“你知道吗……顾客里面有你妹妹的跟踪狂。”

“不知道。”梢子摇摇头。

“从什么时候开始的？我还在的时候就开始了吗？”

瑞希摇摇头。

“不是，是你结婚辞职以后。我想应该没有太多人知道，因为只有短短一个月。”

“他被抓住了？”

“没有。”瑞希说。

“据我所知，应该是没被抓到。而且话说回来，知道你妹妹遇到跟踪狂的，顶多只有店长和副店长吧。不知道从哪天开始，就不让你妹妹来店里前台工作了，一直让她待在后场，我还想着是为什么呢。后来，我碰巧听到你妹妹和店长说话……店长让你妹妹在跟踪狂来店里的时候就躲到后场去。”

梢子不知身体是冷是热，只感到脊背中央有一道汗水滑过。她突然想起英子说过的一句话——店员里有知道梓沙曾经当过模特的人，要是顾客当中也有人发现这件事……梢子身躯一震。

“我辞职的时候，她又站回到收银台去了。我想应该是解决了，所以完全没在意……但是，不久前井口小姐久违地联系了我，听到你妹妹从屋顶摔下来的消息，那个时候，我就想起了跟踪狂的事。”

梓沙被人从屋顶推下来的画面浮现在眼前。这不是事实，只是自己的想象，梢子这么告诉自己。

“……也许完全没有关系，但是我觉得必须告诉你这件事。”

“谢谢你。我完全不知道，真是帮了大忙了……”

心脏剧烈跳动的声音几乎有些烦人。梢子感觉自己正在接近最讨厌的真相。

那天早上，妹妹发消息说有事情想找梢子商量，该不会就是跟踪狂的事吧。要是那个一度消失了的男人的身影再度出现了的话……

想知道真相。

“我接下去打算先买点东西再回家，所以就在这里道别吧。”瑞希在咖啡店门口说道。

“今天真的谢谢你。”梢子说。

瑞希摇摇头：“我才要谢谢你，我最近一直窝在家里，总算出来透了透气……我们彼此都慢慢来吧。”

瑞希总是积极向前，这句话不像是从她口中说出来的。但总比“加油”这两个字更让人感到舒服。

“好，我们慢慢来。”

梢子目送她的身影随着扶梯下楼离去，她没像从前那样急着往前走。想让自己放松一些，也许这种方式更好些。

梢子坐上公交车回家。现在待在医院里的是父亲，所以母亲应该在家吧。想着买点什么带回家，梢子提前一站下了车。

一下车就看到有位女性正疾步从超市前走过。是我认识的人，梢子瞬间反应过来。

“……菅原小姐！”梢子大喊一声。

女人转过头来，接着说：“志田小姐！我正准备去你家呢！”

菅原寿美子用一副快要哭出来的表情如此叫喊道。

“对不起，完全没有整理过这里。”

梢子在寿美子面前放上一杯茶，临时从梓沙房间里拿来的折叠桌上有很多细小的划痕。

“没事，对不起啊。这么突然，你还让我进来你家里。”

梢子在寿美子对面坐下，看着寿美子慌乱的样子，对她说：“不要太着急。”看见她这副样子，梢子想起还在书店工作的时候。那时寿美子是负责顾客订单工作的兼职员工，总是非常忙碌，梢子还记得自己当时很不好意思喊她。

“我给梓沙发了好多次消息，约她一起去喝茶，但她完全没有回信。打电话给她也是关机，我很担心，今天跑去书店，才知道她从屋顶上摔下来，我担心得坐立不安。”

她把刚才说的话又重复了一次。这是她着急时的习惯。

梢子用力点头，接着问她：“菅原小姐，你和梓沙关系很好吗？”

她摇了摇头。

“是梓沙对我很好。我顾客订单弄不完，只能留下来免费加班的时候，梓沙总是会偷偷来帮我，而且她还是打卡下班后来的。”

“梓沙主动的吗？”

梢子很惊讶。那孩子竟然会主动开口，采取行动。

“是啊……其他人都不帮忙，全当作没看见，所以我真的很高兴。但是那些正式员工看到我们两人留下来免费加班，反而嫌弃地说‘你们就不能再麻利点吗’。梓沙因此很沮丧，我觉得很对不起她。”寿美子继续说。

“我辞职的时候，梓沙接手了顾客订单的工作。因为辞职得很匆忙，我想应该给她带来了很大的麻烦。所以我就跟她说，要是有什么不懂的地方，就算我辞职之后也可以联系我的，还和她交换了联系方式。但是我不想让梓沙做免费加班这种事，所以让她一定要好好去和正式员工商量。”

听着寿美子滔滔不绝的说话，梢子点点头说：“原来是这样。”

知道和梓沙感情不错的人是寿美子，梢子完全能明白原因。她几乎可以说是个毫无恶意的人。

“梓沙还好吗？现在去医院应该也见不到她，对吧？”

“是的，现在就算是家人也只能在规定时间内探视。”

“嗯，也是啊。”寿美子频频点头，看起来是想让自己能够接受这一状况。真是个好人啊，梢子想。

店长向大家报告梢子要结婚的消息时也是这样，其他员工有点不知所措、沉默不语的时候，只有寿美子说：“欸！太棒了！恭喜你啊！”

她完全没注意到周围的气氛，第一个打心底里对梢子送出了祝福。梢子和她私底下完全没有来往，但在梢子离职的那一天，寿美子送了礼物，作为饯别和新婚的贺礼。那天是寿美子休息的日子，得知她是特意来店里时，梢子竟反常地哭了出来。

真是个太阳一样的人啊，她心想。

如果是她的话，梓沙或许会向她吐露些什么。

“……那个，我有事情想要问你。”梢子一开口，寿美子忽地抬起头。

“什么事？关于梓沙的事吗？”

“对。那孩子最近有没有什么烦恼呢？书店里也有人怀疑她是自杀。”

话一出口，梢子的泪水瞬间喷涌而出，泪腺已经完全失控了。

“梓沙？！绝对不可能！”寿美子发出不像是第一次拜访别人家时的声音，大喊着否定了这个说法。

真是意外。

至少，梢子和家人眼里的梓沙，是那种突然消失也不奇怪、毫无生命力的孩子。梢子脑中闪过一个念头——“你能这么笃定，是有什么理由吧？”

寿美子有一瞬间避开了视线。梢子确信她知道什么。

“请告诉我吧。我想知道关于她的事。”

梢子直直地盯着寿美子的眼睛，寿美子似乎在犹豫着什么。

“……都出这种状况了，说出来应该也没事吧。”她好似在说服自己似的轻声说，接着开口道，“梓沙开始演舞台剧了。”

听到这个出乎意料的回答，梢子不禁“欸”了一声。

寿美子没有在意，继续说：“她说因为她之前参演过的电影，对方主动来邀请她了。她说不上班的时候，总是会去排练，虽然很忙但很开心。”

“我一点也不知道。”梢子低语。原来妹妹她也好好地找到自己的乐趣了。

这样一来，梓沙休息日去了哪里便明确了，是参加舞台剧的排练。梢子想起八木在公民馆前遇到梓沙的事，排练会不会是在公民馆里进行的呢？

知道梓沙有关系好的朋友，让梢子感到安心。妹妹不是孤单一个人了。但是她还有一些不明白的地方。

梓沙为什么从屋顶上摔下来了？

“你可以在梓沙面前装作不知道吗？”

看着寿美子非常抱歉的表情，梢子回问：“欸？”

“她说想突然给姐姐送舞台剧的票，让你吓一跳。还说要给以前的熟人们送票，让大家也吓一跳。我家昨天已经收到了，你那里估计也寄到了吧。”

“……寄给我？”

“嗯，说是想吓你一跳，然后让你开心。”

寿美子的笑容让梢子有些不知所措，但是她看起来完全不像是在说谎。

回想起和坂本卓也的对话，他也曾经提到过，说梓沙在和他讲电影的感想时说有个惊喜要报告。这个惊喜指的就是这件事吧。既然坂本什么也不知道，那有可能是其他演员邀请的梓沙？这也不是不可能。

“所以她绝对不可能自杀的。我保证。”

见她言辞坚决，梢子胸口突然一热。呼吸变得困难，她有意识地让自己吐气。

她不可能自杀的。

没事的。

梓沙看起来是幸福的啊。

她发现自己很希望有人对她说这些话。

寿美子不知所措地看着梢子的脸，摸摸她的背，试图安慰她。这些举动又让梢子胸口一紧，哭了出来。

“我也会替梓沙加油的，希望她能尽快恢复意识，好不好？”

“……好，谢谢你。”

或许会平安无事的，梢子第一次冒出了这个念头。

“突然来找你真的不好意思，打扰了。”

梢子陪寿美子走到公交车站。

寿美子顾虑着梢子，故意说些开朗的话题，除夕夜的红白歌会，跑到邻居家的屋顶上会说话的乌鸦，还有从书店辞职后到和食餐具店的工作。

“菅原小姐，你为什么辞掉了书店的工作呢？”

梢子发问后，她难得用严肃的表情沉思。

“嗯……理由有很多啦……但主要还是因为饭岛小姐他们辞职了。”

梢子不明白这是什么意思，因此也没法回应。这时寿美子接着说："我之前一直觉得，工作就应该是长期做下去的事情，就算有什么不顺利的地方，也应该忍耐，这才叫工作。即使人际关系不好，因为是工作就应该毫不抱怨地继续做下去。"

"……我也是这么想的。"

梢子说完后，寿美子笑了。

"你竟然也是？但是啊，当我得知像饭岛小姐那样工作那么久的人都辞职了，该怎么说呢，我似乎有种得到了'辞职也没关系'的许可的感觉。饭岛小姐那样和店长、副店长关系很好的人都辞职了，那我这种不被当回事的人，辞职也无所谓吧，就类似那种感觉。"

梢子不知道该怎么回复。她觉得寿美子没有被认真对待。正式员工之中，似乎有一种"对这个人稍微严厉些也没关系"的氛围，仗着她不会反驳就经常这么做。

"啊，我也没有对此感到悲观啦。不用勉强自己和不喜欢的人一起工作，可以在其他地方找到自己的容身之处，反而有一种视野开阔了的感觉，而且啊……

"现在工作的地方的人，大家都很和善。"

她说完后咧嘴一笑。梢子明白了，寿美子什么都知道，而且在知情的状况下仍然乐观向前迈进。寿美子一边呼呼地甩着自己的包，一边小跳步地走着。梢子加速跟在后面，突然想到，如果我有姐姐，大概是这种感觉吧。

看到就连走在夜晚的马路上都十分快乐的人，自然也会无条件地相信自己也不会有问题。

“谢谢你送我到公交车站。你一个人回去吗？啊，要不我送你回家吧。开玩笑的啦。”

被她的玩笑话逗乐，梢子也“哈哈哈”笑了起来。

确认了时刻表，发现离公交车到站还有一些时间。梢子原本想陪寿美子等公交车，但寿美子却说着“不用啦不用啦”，半强迫地赶梢子回了家。

“那改天见啦。”

朝着自己挥手的寿美子，仿佛已经约好几天后要和自己见面一样轻松地道别。梢子又回头看了好几次，但她已经在长椅上坐下，没有再朝梢子看了。她似乎戴上了耳机在听音乐。她喜欢什么样的音乐呢？梢子还没有问过。如果再多聊些私人话题，和她之间是不是能有不一样的相处方式呢？

不，她辞掉书店工作后看起来很幸福，这就足够了。虽然有些寂寞，但她的容身之处现在已在别处，不是非得一直待在同一个地方才行。

这就是希望。

梢子也学着寿美子小跳步着走路，以前明明可以轻松办到，但现在小腿和大腿发力都变得很不自然。啊啊，好难啊。梢子认真起来，决定要一直做到成功为止。

像是要飞跃街灯与街灯之间的距离似的，梢子不停地跳步走，脑中开始自然地整理着思绪，多余的情绪似乎都散落在了地上。

脑子里想的都是回家后要做的事。

首先要发消息给坂本卓也，向他确认是否收到了梓沙的邀请函。因为想要确认妹妹口中的“惊喜”是否指的就是舞台剧。

接着要打电话给丈夫，问他东京家里有没有收到邀请函，确认妹妹是不是真的想向自己报告这件事。

回到家门口时，梢子的小跳步已经和小孩子一样熟练了，停下来都有些困难。她真想一直这么跳下去，一路抵达真相。

梓沙为什么会从屋顶上摔下来？

答案已经近在眼前了，梢子如此坚信。

1 月 6 日，下午一点半后。

梢子搭上不曾坐过的电车线路，去见一个不曾见过面的人。这对生性内向的梢子来说压力很大，她从早上开始就十分紧张。

梢子想起了自己第一次独自搭乘山手线时的事情。乘客的数量和氛围当然完全不同，但是梢子向来不喜欢独自去她从未去过的地方。

如今有了手机，不管怎么迷路最后总能抵达终点，所以知道梢子是路痴的人只剩丈夫了。她想让别人觉得自己能干，所以隐瞒了这件事。不确定能否真的抵达第一次去的地方，不知道会在路上迷路多久，所以她在约定的时间前就早早出了门。

大多数情况下，梢子都会迷路到最后一刻才到达，但顺利的时候，也会多出很多时间。可要是离开了约定的地方，可能会再次迷路，因此梢子会静静地待在原地等待对方的到来，做出一副刚到不久的表情。

但今天约好见面的对象说："我今天一整天都会在这里，你挑自己合适的时间过来就行。"

于是梢子也就没有客套下去，含糊地说了句大概会在下午去拜访。

梢子从包里取出手机，点开一张照片，这是前天夜里丈夫发过来的。

前天夜里，和寿美子告别回家后，她先是给坂本发了消息，又给丈夫打了电话，确认家里有没有收到邀请函。

丈夫正好从老家回到东京，告诉梢子，在贺年明信片里夹杂着舞台剧公演的广告。梢子告诉他之前，他似乎都没有发现，广告单上空白的部分，似乎用圆珠笔写着"梓沙寄"。

"还写着什么吗？"梢子继续询问。

丈夫回答说："我挂了电话后拍照发给你吧。"

推她一把的是……

“后天你要上班了，早上要我打电话给你吗？”

话刚出口，梢子就后悔了。这话听起来像是在催促丈夫赶紧去上班一样。不过，丈夫却说：“可以拜托你吗？”

“每天早上没有梢子你叫我起床，总觉得提不起劲。”丈夫如此说道。尽管是笑着说的，但大概是真心话。

“好的，交给我吧。”梢子说。丈夫回了句“太好了”，便挂断了电话。

梢子本以为自己在或不在都不会有太大的影响，甚至觉得自己不在的话，丈夫的负担反而能更小一些，不过事实似乎并非如此。

电话挂断后不久，丈夫传来附上广告照片的消息。广告上印着“第二十二次舞台剧公演——山鸠四兄弟的走廊——”上面是四个男人或躺或坐在走廊上的照片，右下角写着“剧团・茶箱”字样，上方空白处是梓沙用圆珠笔写下的笔迹。

给姐姐。请一定要来看哦。梓沙寄。

并非不相信寿美子，但是梢子亲眼见到这些之前毫无概念。

“……是真的啊。”脑中的想法不禁脱口而出，梢子吓了一跳。

她环顾四周，自己发出的声音应该并不大，没有人回头看她。她把手机收进包里，闭上了眼睛。电车的摇晃增加了她的紧张感。

总之，梢子在得知妹妹好像是这个剧团的成员后，立刻通过广告单上的邮箱地址与其取得了联系。写明自己是梓沙的姐姐，梓沙现在受伤住院，以及想知道妹妹现在在从事怎么样的活动，认识什么样的人等。

梢子在前天夜里发邮件过去，昨天中午收到了回信。

我们联系不上梓沙，一直非常担心。

是剧团团长前泽光太郎的回信，他的心中充满了温柔与困惑。互相交流几次后，他们约定让梢子去他们当作排练地点的废弃小学里聊聊。梢子疑惑地问“不是公民馆吗”，得到了“有时会变更场所”的回答，她才稍微放下了心。

如果你找不到地方，请别客气，尽管打电话问。

前泽在最后一封邮件的末尾附上了这句话。但也不能全倚仗他们。梢子出车站后迷路了好几次，但走了十几分钟就到达了小学。木质的建筑相当古香古色。她正想着进去之前可能先联系一下比较好，这时里面走出一名男性。他身穿黑色长 T 恤，搭配灰色休闲裤，让人无法想象这是隆冬时节会有的打扮。

见到梢子，两人对上了视线，梢子一时之间僵住了。

“你该不会是梓沙的姐姐吧？”

前泽声音洪亮。

“是的。”梢子点头。

“正好，我们现在要休息了。对了，可以请你陪我去吃午饭吗？”前泽提议道。

“这附近有很不错的店哦。”前泽这样说，领梢子走进的却是一家随处可见的麦当劳。

“不好意思，我比较缺钱。”单点了三个麦香鸡汉堡后，他笑着说。这豪爽的选择吓了梢子一跳。

“不会，我也很久没吃了，正好想吃呢。”

梢子点了麦香鱼套餐，领到餐后急忙走到前泽所在的座位。可能因为已经过了午餐时段，店里没多少顾客。梢子在他对面坐下后，前泽突然开口问：“请问你有和梓沙一起合照的照片吗？”

“欸？”梢子不明所以。

“不好意思。我想至少确认一下身份，因为这是很私人的话题，想确认你是不是真的是梓沙的姐姐。”

虽然前泽满脸笑容，但会给人带来一些压迫感。不过这并不让人反感，反而让梢子觉得，他是个看似轻浮实则严谨的人。

“我没有合照，但有她寄给我的广告单的照片。”

梢子拿出手机让前泽看照片。

“这是她的字迹，上面写着‘给姐姐’……然后，我的医保卡上也写着我的本名。”

梢子准备拿出钱包时，前泽制止了她：“啊，可以了可以了。我知道了。我是觉得你应该是她姐姐没错，只是以防万一确认一下而已。”

“为什么会觉得没错呢？”梢子手里拿着钱包问。

“啊呀，就是你和梓沙很像啊。看到你的瞬间我就知道了。”

“……真的很像吗？”梢子忍不住问。对方也“欸？”了一声反问道。

“因为很少有人会说我俩长得像。”梢子笑了笑。

“是吗？”他说，“你们很像哦。不是说哪个地方很像，而是第一次见面就能看出来你俩是姐妹。”

“谢谢你。”

“但是话说回来，我真是吓了一跳啊。真没想到梓沙竟然住院了，难怪电话打不通呢。”他一边啃着汉堡一边挠头。

“受伤的那天早上，妹妹给我发过消息，说是有事情想和我商量，但我还没来得及听她说，她就发生意外失去意识了。我到处找有没有人知道发生了什么事，后来得知她在演舞台剧。”

梢子本来也打算吃汉堡，但是她喉咙干渴得感觉没办法把食物吞进肚子里，所以把手伸向了乌龙茶，把吸管放进嘴里。

“……有事商量啊，会说什么呢？”他把剩下的汉堡塞进嘴里后低语。

“请问一开始是前泽先生邀请她进入剧团的吗？”

“啊啊，是的，是这样的。我以前有和梓沙一起演过电影，就是坂本先生拍的独立电影。”

梢子点了点头。

“梓沙那个时候大概还是高中生吧。她虽然只参加了一天的拍摄，但我对她印象非常深刻。”

“印象深刻？”

他拆开第二个汉堡的包装纸，点了点头。

“是的。怎么说好呢……她给人一种，人生已经结束了的感觉吧？”

前泽直接的说话方式让梢子感到畏惧。他是那种毫不客气，见到什么、感受到什么就直接说出口的人。

“啊，没什么奇怪的意思哦。怎么说好呢……我觉得她好美，所以记得很清楚。”

“……是。”

“但当时在拍摄，所以没时间问她要联系方式，结果就这么结束了。如果去问坂本先生，应该就可以联系上她啦。”

他狼吞虎咽又解决掉一个汉堡。

“然后啊，大约在五个月前吧，我偶然在书店见到了她。”

“在店里吗？”

他点点头。

“我去找一本书，发现她站在柜台那儿。真是吓我一跳。她跟当初一样，完全没有变样。因为我是个笨蛋，所以觉得这就是命运吧。等她结完账，我就向她搭话，结果她告诉我对演戏没有兴趣。但我没办法放弃，常常跑去店里找她，结果被当成了跟踪狂。”

他哈哈大笑，似乎没有发觉自己造成了多大的骚动。不过梢子也知道了，瑞希所说的跟踪狂事件指的就是这件事，她松了一口气。

“那她后来为什么又加入剧团呢？”

“我和她约好，让她来看一次我们的舞台剧，看完后如果还是没兴趣，那我就不会再继续纠缠她。这招奏效了，她似乎完全着了迷。”

“原来是这样啊。”梢子回应，但她仍旧无法理解。这和她参演坂本的电影时有什么不同呢？是什么这么吸引她？是不是亲眼看过之后就能理解呢？

而且说实话，梢子对梓沙沉迷于舞台剧这件事本身没有太好的印象。她看过剧团的官方网站，十五年前成立，也就是所谓的业余剧团。说难听一点，光靠这个连吃饭都困难吧？虽然梢子不太清楚剧团运作的方法，但应该是入不敷出的状态。

“家人痴迷于舞台剧，你听着应该不太高兴吧？”和说话的内容相反，前泽满脸笑容地说。

“不，那个，不好意思。”梢子忍不住畏缩道歉。

“我已经习惯这种反应了，经常会听到别人说‘你都几岁了还在追梦’‘赶紧做个大人吧’这种话。已经是家常便饭了。”

前泽轻松地说着，看上去似乎真的毫不在意。

“……我现在已经三十七岁了。去年年初失去了一个演戏的同伴，他已经五十二岁了，还是单身。”

他打开第三个汉堡的包装纸，张开嘴打算咬一口，但又停下来放下了手。

“他是别的剧团的演员，我们因为坂本先生的电影相识。他还挺受人重视的。大学电影社团之类的也争着找他演出。想找到这种年纪的演员其实还挺难的。如果想找年轻人，只要拜托自己的朋友就可以了嘛。”

梢子不知道他想要表达什么，只是应和着。

“然后呢，他虽然很忙，也是边打工边享受着单身生活。结果在去年元旦，他被人发现死在自己的公寓里了。联系我的是他的兄弟，我们大家一起去参加了他的葬礼。”

真可怜，梢子心想。接着她想象着，公寓里独自死去的人变成了梓沙。要是在元旦当天发现妹妹独自死在公寓里，梢子肯定受不了。一瞬间，梢子希望妹妹能够放弃演戏。

“他的哥哥对我们说，那家伙是个笨蛋，总是说着孩子气的话，真是不幸。我们也反驳了……你可别擅自决定他的幸福！”

前泽并没有笑。

“至少在那之前一个月我们还互相联系，像笨蛋一样聊着演戏的事，很开心啊。葬礼的时候，也有几十个演戏的同伴聚在一起。他并不是孤单一人。”

他张口咬下最后一个汉堡，笑着说：“果然很好吃啊。

“梓沙说了，被书店的人发现了她以前拍过的照片，她很烦恼自己是不是当不了普通人。于是我就说了，不当普通人也无所谓吧，朝着自己觉得开心的路前进就好了。”

他问：“我这样说是不是太不负责任了？”

梢子摇摇头，心想：自己是否有办法选择自己觉得开心的道路呢？

“……我听到梓沙从楼上掉下来的时候，还以为她是自杀呢。但我到处找人问话后，现在觉得应该不是这么一回事。前泽先生你怎么看呢？”

他没有犹豫立刻回答说：“那不可能。梓沙她已经决定要离开家了。”

“欸？”梢子回问后，又想起妹妹房间的模样。房间里东西变得很少，当时自己不是也曾想过，她是不是在别处有住的地方。

“她说计划和我们剧团成员中的女性们一起住。为了不被母亲发现，她慢慢地把行李搬出来。她说了很期待，所以不可能自杀的。”

“今天这些女性成员有来排练吗？”

“有，其中一个人来了。”

“请让我见见她。”梢子低头拜托。

他们今天排练的地方是一间废弃教室，教室里一张桌子和椅子都没有，显得格外宽敞。

来排练的人还不到十个，大家正坐在地板上吃着自己带来的午饭。前泽叫了一声“沼野”，一个短头发的女性抬起头来。

“梓沙的姐姐想要问你些事情。”

她站起身，向站在门口的梢子走来。

“梓沙还好吗？听前泽先生说她住院了。”

“不好意思，给你们添麻烦了。那个，我听说你们计划和我妹妹一起住。请问你们和她关系很好吗？”梢子询问。

她笑着回答说：“是她对我们很好呢。”

“请问合租是她提出来的吗？”

“是的……话虽如此，本来我是和其他两个女孩一起住，但其中一个人去上班后要搬走，所以房间就空了出来。我把这件事告诉梓沙后，她说她正想要离开家。”

“原来是这样啊。”梢子低声说。没想到梓沙交了朋友，还期待着和她们一起生活。几天前梢子对这种事还无法想象，但现在也接受了。

“那孩子真是变了啊。”梢子突然脱口而出。

“变了？”

前泽一问，梢子这才注意到自己把心里话说出了口。

“是的。和半年前我离开家的时候相比，完全像是变了个人。”

前泽和沼野面面相觑。

“我不知道在姐姐眼里，梓沙是个怎样的人。但从我第一次见到梓沙，她就一直是个温柔的人，而且还会鼓励我。”沼野说道。

“她鼓励你？”这是离妹妹最远的词，梢子不禁反问道。

“是的。”她点头。

“确实，她不是那种时时刻刻都乐观积极的人，很在意别人是怎么看她的。但是，当我因为演技不行被批评而万分沮丧时，她会给我点心吃，说‘这个很好吃哦’。虽然不会再说更多的话，但那也让我很高兴。因为我知道她不会勉强我说话，而是做好了随时倾听的准备。”

“到目前为止，我可能一次都没有对那孩子抱怨，或是找她商量过什么事情。”

沼野说着“对了”，又跑进教室。她拿出柜子里的包，从里面取出了手机。

回来后她说着“这个”，把手机递给梢子。梢子接过来一看，上面显示出一张照片。那是在某处会议室一样的地方拍下的集体照。

“这里，梓沙就在这里。”

沼野用大拇指和食指放大图片。只见梓沙就坐在第一排的正中央。

梓沙在笑。

梢子吞了吞口水。

“你瞧，她看上去很开心吧。”

“这张照片是？”

“去年年末排练的时候拍的。想着可以给剧团的社交账号用。不过有人说别用这张照片，所以实际上并没有放到网上去。”

“说这话的人是谁？”

沼野说着“借我一下”，拿过了手机，把照片略微移动了一下，让梢子看画面。

“是这个人。不是剧团的人，是梓沙带来的朋友。梓沙说他希望别把这张照片放到网上。”

在妹妹身边，有个面带紧张、用力挤出笑容的男性。梢子不认识这个人。

“是梓沙的熟人吗？”

“这个嘛。”沼野闭上眼睛，似乎想要回想起什么。她朝在教室里的男性喊，“欸，之前梓沙带来的那个人，她说是在哪里认识来着？”

那人说着“呃……好像是……”站起身来，接着说道……

梢子心想，难道说……

她连手中的包都掉到了地上。难道说……

这样一来，一切线索似乎全串联起来了。

梓沙为什么会参加年末聚会。

梓沙和谁一起去的上映会。

梓沙为什么会从楼上摔下来。

虽然全都是推测而已。

但如果她的推测准确，那么照片里的那个“他”，应该知道那天发生了什么事情。不，除了梓沙以外，只有“他”知道真相了。

推她一把的是……

终于找到该找的人了。

梢子深深吐了一口气。

梓沙，根本不是自杀。

快步冲进超市，往推车里装上购物篮，随手拿起咸面包和杯面放进购物篮中，又拿了几瓶茶和酒精度很高的罐装气泡酒，最后来到便当区。已经连续好几天光吃杯面和面包了，想要吃点米饭。正好，店员在贴打折标签，于是站在稍远处盯着看。

设置在入口附近的堂食区传来了傍晚新闻节目的声音。视线转过去，发现有几个老人坐在椅子上看电视。主持人正在打招呼，看来今天是 1 月 6 日。

元旦那天日落后，往附近超市去买东西的时候，见到了井口英子的身影。那一瞬间，冷汗不住地往下流，立刻冲进了店里。幸好她没有发现自己，没有追上来。

不过，走到外面来果然太过危险了。买了一堆食物直到拿不下为止，然后回到了酒店。从那天起一直到今天，再也没有出过门。客房打扫也拒绝了，只要求替换了毛巾之类的物品。

话虽如此，也不可能一直待在这里，这样终归是有极限的。酒店的工作人员肯定也觉得奇怪。像这样在年末突然闯进来，连续住上好几天的顾客，不可能不让人觉得奇怪吧。但是……

我还不能死……在确认以前，还不能死。

看到店员贴完了打折的贴纸，正想要踏出一步的瞬间，肩膀突然被人拍住。

那个瞬间，我以为一切都结束了。

第五章

推她一把的是……

请沼野把照片传给自己后，梢子前往曾经工作过的书店。过去一起工作的同伴们应该认识照片上出现的“他”。

和上一次来的时候相比，这回顾客少了很多。可以明显感到今天开始上班上学了，社会回归了日常的氛围。

梢子望向收银台，想看看有没有自己认识的人在，但她只看到了一些新面孔，于是她快步走进店里。

梢子在摆放文库本的货架后方的推车旁边找到了英子，她正在看新书的订单。

“英子！”

听到梢子喊她，她惊讶地抬起了头。

“你怎么突然来了？”

梢子点开刚才沼野传给她的照片，把“他”的脸部放大。

“……你认识这个人吗？”

英子探头看着手机画面，皱起了眉头。

“……为什么梢子会有这家伙的照片？”

果然没错，梢子心想。

“啊？志田小姐，怎么了吗？”香苗朝她们走了过来。她随意看了眼手机，低声说：“欸？这是东先生？”

“他是叫东吗？”

梢子询问后，香苗点头，“嗯”了一声。

“是志田小姐你辞职后，代替你调过来的正式员工。”

剧团里的男子曾说过——我记得好像是梓沙店里的正式员工哦。

梢子确信自己的推测没有错。

“他现在没有来上班吧？是不是从年末聚会第二天开始就没来了？”

香苗说“稍等一下”，然后从围裙的口袋里取出了手账，“哗啦啦”地翻了起来。

“是的。年末聚会的早上，他搞错了订单，把顾客订的杂志放到店里摆出来了，结果被顾客投诉了。顾客和店长都非常生气，他从第二天开始就一直没来上班了。我被交代重新订这本杂志，所以有记录下来，不会错的。”

梢子这才知道，副店长说接下去要去处理投诉的事，原来指的就是这个。而书店里的人，都以为东是因为工作失误才无故旷工，但梢子却不这么认为。

“东有去参加年末聚会吗？”梢子向英子询问。英子摇了摇头说：“没有。”

“他没有来。虽然推迟了很久，不过这个聚会其实也是他的欢迎会来着，他却没来露个脸。”

梢子她们聚在店里的角落说话的样子引起了其他店员的注意。半年前还一起工作的几个店员说着：“发生什么事了吗？”也走了过来。

“在说东先生没来参加聚会的事情。”

英子一脸嫌麻烦地说完，其中一个店员小声说：“我看到东先生来了哦。”

“不是，他没有来吧？店长不是满脸不高兴吗？”

英子的声音有些尖锐，梢子制止之后，又问道：“你在哪里见到他的呢？”

“他虽然没有进到店里，但有在门口出现过。当时还没有到预约的时间，所以就等着店员准备。但不知什么时候他就不见了。”

“你有和他说什么吗？”梢子问。

她摇摇头回答：“什么也没有说哦。”

“谢谢。”梢子轻轻点头，接着又问，“田中先生今天上班了吗？”

“嗯，上班了。我刚看见他去抽烟了。”香苗告诉梢子。

“知道了，我去找他一下。”

梢子正打算离开时，英子站到她旁边说：“告诉我到底是怎么回事。”

梢子略加思索，回答她：“对不起，我搞清楚了之后再告诉你。我一定会好好和你说明白的。”

英子点点头说：“我知道了。”留在了原地。

梢子急忙前往被田中当作休息地点的天台吸烟区。梢子先前不知道去那边找过他多少次了。不只是副店长，店长也经常这样。本以为他们在店里，四处寻找一番后才意识到他们跑去抽烟了，白白浪费了不少时间。

走到天台，她发现田中正一边抽烟一边和一个年轻男子聊天。大概是新来的兼职的大学生吧。梢子犹豫着要不要插话。田中倒是先发现了梢子，开口问她：“有什么事吗？”

“很抱歉突然过来，我有些话想和你说，和东先生有关。”

虽然很直接，但除此以外也没有别的话可说了，梢子低下了头。这时兼职的大学生开口问：“东先生怎么了吗？”

他的反应有些奇怪，梢子有些在意，于是她问：“发生什么事了吗？”

田中有些厌烦似的歪着脸，把香烟按灭在烟灰缸里。

“我之前不是说过了嘛。他因为被投诉就不来上班了。不过他说刚才在车站那里看到东了。”

梢子问兼职的大学生：“在车站的哪里？”

“车站旁边的超市里。我大学下课后想去超市买点便当，然后就看到了东先生。我吓了一跳，喊了他一声。因为听说他一直无故旷工，我想告诉他大家都很担心他。没想到……”

他说到这里，田中插话道。

“听说一看到他就立刻跑出超市了。”

田中一脸疲倦地摘下眼镜，用手掌按压着眼睛。

“说实话，这也太不正常了。把装着东西的购物篮扔在一边，就这么冲出了超市，所以我也很在意。”

事情和设想的一样，梢子很是急躁。

但田中却根本不想听，只留下一句“算了，不用理他，我已经拿他没办法了”，就走回店里了。

兼职的大学生大概觉得继续和田中说也没用，只能呆立在原地，他对第一次见面的梢子小声说：“这样放着东先生不管，事情可能会变得很糟糕哦。真的很奇怪……感觉他可能会做出什么事情来。”

梢子对他说：“有点事情想拜托你，你方便吗？”

他回答：“好的。”偷偷看着梢子。

梢子边打电话边急忙赶往公交站。但是，电话没人接，应该没有关机，铃声一直在响。

确认时刻表后，发现下一班公交车在二十五分钟后。上一班车似乎刚刚开走，梢子一咂舌，向出租车乘车处走去。

“拜托你了。”

梢子继续打着电话，坐进出租车的后排，告知司机目的地。

这次一定要帮上忙。

躺在床上脸色苍白的梓沙浮现在脑海里。

电话铃声变成了语音留言的提示音。梢子又一次拨打电话，但是只有铃声继续，没有人接起电话。

拜托了，一定要赶上！

出租车停下，梢子继续打着电话，抬头看建筑物。

隐约感觉似乎有什么东西在微微移动。

她急急忙忙跑上楼梯，上气不接下气，喉咙里隐约有血的味道渗出。这半年一直运动不足，如今全反应在了身体上。

通往屋顶的门锁是开着的。

梢子调整呼吸，推开了门。门缝的那头可以看见人影。屋顶的周围盘绕一圈铁丝网，那个人坐在里侧，弯下身子抱着头。手中握着的手机正在微微振动着。

明明还没有到夜里，但楼下已经传来早已喝醉的上班族的声音。

“……是东先生吗？”

梢子踏上屋顶，说出了这句话。那名男子突然抬头站起身来，握住铁丝网，一脚跨上想要爬过去。

“等等！梓沙她没事！”

梢子忍不住大喊，叫住了东。他满脸惊讶地转头看向梢子。

“……真的吗？”

他问梢子，右手紧紧抓住铁丝网，脚也仍旧跨在铁丝网上。盯着梢子的眼睛充血泛红，如果梢子回答不慎，感觉他会立刻爬上铁丝网消失在另一侧。

“……她真的，没事吗？”他再次颤着声音问，仿佛祈祷一般屏住了呼吸，看着梢子，像是要控制住脸颊的抽动似的眯起了眼睛。

“是真的！所以，所以……”

梢子不停地点着头，思索着该说什么。

“所以……虽然我不知道发生了什么，但求你了，不要死！”

“但是……”他欲言又止，闭上了嘴巴。微微摇头后，又小声说，“但是……”

“我妹妹也说了同样的话吧，说希望你不要死！”

东像是无法忍受一般闭上了眼睛，双唇不住颤抖。

“那天早上，妹妹发消息给我了！说是有事想和我商量，可不可以打电话给我……但我拒绝了，结果事情就变成了这样。所以，我一直以为妹妹是遇到了什么会让她从屋顶上跳下去的痛苦的事情。”

握着铁丝网的手在微微发颤。

“我想知道妹妹到底想和我说什么，所以问了很多人。一开始，别人口中的她确实是我所知道的那个脆弱的孩子。但是慢慢地，我所不知道的她的另一面逐渐清晰。那个时候我就想，该不会，那个孩子是为了自己之外的人而想要和我商量些什么吧。”

东的喉咙在颤动。

“……东先生，那孩子是为了救你，才从屋顶上摔下去的吧？”

东深吸一口气，睁开了眼睛。他放下跨在铁丝网上的脚，转过身面向梢子，用快要哭出来的眼睛看着梢子说：“……要是摔下去的人是我就好了。”

“没那回事。”梢子摇摇头。

“我妹妹是想要帮你，所以约你去看电影，还带你去看舞台剧排练的吧？”

他歪着脸，努力忍住眼泪，轻轻点点头。

“……你全都知道了吗？”

“没有。”梢子如此回答东的疑问，“我在调查梓沙的过程中知道了你的事。但是我不知道你身上到底发生过什么……

到底是什么把你逼入绝境，这些事情我都只能想象。”

梢子盯着他，没有让他的视线逃开。她想传达给他的是：你并非孤身一人。

“……可以让我听听吗？你身上发生了什么事？”

他没能从梢子身上逃开视线，略带恐惧地试探地看着梢子。

你真的可以接纳我吗？

他似乎在这样试探着问梢子。

“没问题的。”梢子轻声说。

一阵沉默后，东开了口。

“那家店……我调到那家店以后，一直没法融入大家，但梓沙常常和我搭话，为了让我转换心情，还带我出去玩。”

梢子点点头，鼓励他继续讲下去。他视线低垂，斟酌着语句。

“……我确定要调动工作的时候，之前的店长跟我说，转成正式员工后，就不能只是卖书，而是得思考整家店的状况再行动。我本来挺有自信的，相信自己是因为没问题才被转正成正式员工的。可后来我听说，比我经验丰富的人，只因为是女性，所以连正式员工的转正考试也不能参加。因此，很多在店里工作了很多年的店员们都辞职了。”

梢子立刻摇了摇头。

“只要工作，就会有辞职的人，也会有新加入的人。这不是谁的错。”

但是东却摇头说：“才不是这样。”他看着梢子。

“……只要我不在的话，一切都能更顺利。”他努力挤出声音说。

“因为我去了那家店，所以打破了平衡。比起我，店里更需要那些辞职了的店员。只要我不在的话，一切能更顺利的。大家都是这么想的。一想到这儿，我就大脑一片空白，原本做得好的事情全部不会做了，经常犯一些愚蠢的错误。所有人都用冷冰冰的目光看我，连我也觉得自己真是没用。越是焦虑，越容易犯错……但又不能回到原来工作的地方，不想给当初推荐我的上司带来困扰，也不想背叛知道我成为正式员工后终于安心了的父母。”

梢子只能不停点头。

“年末聚会的那一天，我又在工作上出错了。”

他好像在忍耐着痛苦，紧紧抿着嘴巴。

“……虽然梓沙告诉我她也会去参加的，所以不用担心，但是我去了聚会场所，见到了店员们的脸后，发现自己果然还是做不到。我想要回去，准备从楼梯上下来时，没想到其他的店员正好要上来了。”

“我无处可逃了。”他轻声说。

“正不知如何是好，回头一看居酒屋的方向，有店员在招呼着同事们进到店里去。我没办法回家，只好就这样沿着楼梯走到了屋顶上。”

楼下传来欢声笑语。梢子和东都不禁屏住呼吸，等待那声音过去。

“……那一天也是这样，能听到那些感觉生活很幸福的人的声音。大家都被谁需要着，而我却被人希望立即消失。既然如此，我就去死吧。这样一来，明天自己就不用在店里强颜欢笑了。”

“但是……”东说到这里闭上了嘴。

“……梓沙来了？”

东点点头。

“‘我这种人消失了才好，你别管我！’我这么对梓沙说，但她为了阻止我，竟然爬上了铁丝网，想要抓住我的手。可她不小心脚一滑摔了下去。我当时也想去死，但是……”

他倒吸了口气。

“但是，她和我说的话，我忘不了。”

“梓沙说了什么？”梢子看着他的脸问。

“……她说‘就算是没用的家伙，也有资格活下去啊！’”

话一说完，他就哇的一声大哭起来。他不再试图忍耐，双膝无力地跪在地上。梢子跑到东的身边抱住他，尽可能把他拉离铁丝网。

脸颊上一片冰冷，不知道什么时候，自己也哭了出来。梓沙的话，肯定也是对自己说的。她一直窝在房间里，无法和社会产生联系，她想对那样的自己说这句话。

“……梓沙的意识虽然还没恢复，但她现在肯定还是这么想的。如果她醒过来的时候你不在的话，她会很伤心的。”

东握住梢子的手，梢子也用力回应了他。

不知何时，周围已经暗了下来，街上的灯光开始点亮。

炫目的阳光中，蝉的叫声响彻周围。

但下一个瞬间，天空就被夕阳染红，暮蝉也开始“吱啦吱啦”地鸣叫着。紧接着，视线被黑暗包围，四周一片寂静。

忽然掌声响起，梢子也再一次拼命鼓掌。

舞台再次被灯光点亮，在轻快的背景音乐中，演员们再度回到台上。每位演员致辞鞠躬时都会响起欢呼声，掌声也越来越响亮。

注意到放在膝盖上的外套掉落在地上时，观众席已经被灯光照亮，到了该写调查问卷的时候了。梢子写完感想抬起头，发现已经有大半的观众离席了。

走到大厅，身穿工作人员外套的女性正在回收问卷和圆珠笔。梢子把东西递了过去，说：“我看得很开心。”

对方精神饱满地回应："非常感谢！"

开演前的接待处现在被布置成了贩卖商品的场地。刚才还站在舞台上的演员们并排站在一起向观众打招呼。他们的妆因为汗水稍微有些花了，但脸上的笑容依旧清爽。刚刚在舞台上明明是另一副表情，梢子觉得演员真是厉害。

"姐姐！"背后传来声音，梢子转过身——身着工作人员外套的梓沙跑了过来。她的绷带应该还没有拆掉，但已经恢复到穿上衣服就看不出受伤的样子了。

看到她的模样，周围的人都纷纷议论："那个人是演员吗？"

"不觉得超可爱的吗？"

不过，梢子已经不再像以前那样会感到酸楚了。在她眼里，只觉得梓沙真美。

梢子刚要说"很有趣哦"，梓沙先压低声音说道："……那个，很难为情的啦。"

"什么？什么难为情？"梢子问她。

"……花呀，剧团的大家都在取笑我啦。"梓沙说完躲开了目光。

梢子检票入场时，确实拿了一个花篮给工作人员，现在那个花篮就装饰在贩卖商品的长桌上。

"不是挺好的嘛，他们怎么取笑你呀？"

梢子在花店店员的建议下，把黄色的非洲菊和玫瑰插进了马口铁花盆中，做了一个花篮。

本来只想要一把花束的，但店员和梢子对话时，得知是要祝贺舞台剧公演，就对她说："那样的话，还是做成花篮更好啊！如果只是花束，没有花瓶就没办法马上装饰起来。"

接下来，店员又建议梢子最好附上名牌，这种花篮算是种人气指标，让大家知道这是送给谁的。

这个演员居然受欢迎到有人送她花篮。

如果花篮被其他剧团的领导看见，没准还会邀请去客串演出呢。可能会扩大演员的活动范围哦。

原来如此，梢子心生佩服，拜托店员附上名牌。

可梓沙带着似乎有些生气的表情凑到梢子面前。

"这是我第一次做舞台剧，而且还只是幕后的工作人员，送那么大的花篮过来很奇怪啦。一看就知道是家人送的嘛，大家都在后台取笑我，说你姐姐到底有多爱妹妹啦……"

梓沙说到一半，像突然回过神一般，转过头看向商品贩卖区。梢子也跟着看过去，演员和工作人员正笑眯眯地看着梓沙。

"……要不要姐姐去打声招呼？说麻烦大家一直照顾我妹妹之类的。"

"绝对不要。"

看着梓沙满脸为难、严词拒绝的样子，梢子有点开心——太好了，还能像这样和梓沙说话。

1 月 10 日深夜，找到东的四天后，梓沙恢复了意识，刚好是梢子在医院陪护。她赶紧联系了父亲，让他和母亲一起来医院，随后去见了梓沙。

梓沙的记忆似乎有些混乱，一见到梢子就急忙道歉。

“对不起，你那么忙我还一大早发信息给你。”

她居然在意的是这个，梢子不由得哭了出来。明明自己才是那个想要道歉的人，竟然让妹妹先道歉了。

“我才是，对不起……没能打电话给你，对不起。”梢子哽咽着，不停重复地念叨，当时的梓沙满脸惊讶。

“怎么了？你怎么迷迷糊糊的？”梓沙问道。梢子猛地回神，摇摇头回答：“没什么。”

“上午的时候东先生来过了哦。昨天寿美子小姐也来了。”梓沙像是找到了共同话题，开口说道。

“是吗？那太好了。……东先生还好吗？”

梓沙点点头。

“东先生说要调回原来的分店去了。听说一开始要以无故旷工的理由辞退他，但是田中先生去总公司协调了，希望他可以留下来。”

“田中先生？”梢子问。

“嗯。听说他向总公司提建议，说会发生这种事情，归根到底还是因为公司轻视女性。公司也以不可以将之前的事情外泄为条件，让东先生留下来了。”

原来是这样。梢子觉得很惊讶。那个田中竟然……世上好像没有一成不变的事呢。

“……梓沙你呢，还好吗？”梢子问她，梓沙“嗯”了一声点点头。

“我已经没事了。不管别人说什么，我都要做我自己想做的事。既然对东先生说过可以这样活着，那我觉得，自己也是可以这样活着的。”

梓沙有些害羞似的不停地点着头。

“……总之，下次再送我花，要等到我是主演的时候啦。”说完，她转开了视线。

“我知道啦。”梢子也点点头。

“梓沙，抱歉！零钱放在哪里啊？”

其他工作人员喊着，梓沙回答：“来了！等我一下。”

“那么，我回去了啊。”

“嗯，谢谢你来，再联系哦。”梓沙说完便跑回了工作人员身边。不知道他们说了什么，梓沙脸上绽开了梢子不曾见过的笑容。妹妹真的找回了自己的人生，往前迈出第一步了，这让梢子很是感动。

离开热闹的大厅，走到室外。和气氛热烈的馆内相比，外面的冷空气让人下意识挺直了背。

梓沙恢复意识的第二天，梢子打电话叫醒丈夫后，跟他说："我今天会回家哦。"

丈夫对她说："那我尽量早点回家。"正如他所说，他在能一起吃晚饭的时间回到了家。

那天是两人第一次在平常的工作日吃火锅，说着"总之我就是喜欢柚子醋"的丈夫，似乎瘦了一些。

"工作，辞掉也没关系的。"

丈夫的手停下了。

"觉得辛苦的话，辞掉也没关系的哦。"

"不要。"丈夫说，低下了头，"因为我很不甘心，所以不要。"

"但是……"梢子说，又闭上嘴，想起丈夫睡觉前助眠的酒，还有上班前苍白的脸色，她无法说出"我知道了"这句话。

"我该怎么做才好？"梢子问丈夫。她想知道自己能做什么，想知道丈夫希望自己做什么。

"我希望梢子……"丈夫抬起了头。

"我希望梢子去做自己想做的事。因为我只要看到你那样就会很开心。"

"我想做的事情？"梢子反问后，丈夫说了声"是的"，拿起蘸碟就把柚子醋喝了下去。梢子察觉到丈夫很紧张。

“我……”梢子略加思索，开口道，“我，想要再去书店工作，想在那里看着直树做的书卖出去。”

丈夫有些惊讶地看着梢子，笑着说：“那我就更有底气了。”

之后梢子就开始看求职信息，现在已经定好下周要去书店工作了。要说不紧张肯定是骗人的。但是，因为和丈夫有着相同的目标，肯定不会有问题的。

“那么，我也回家吧。”

梢子穿上了大衣，向车站走去。